로크미디어가
유혹하는
재미있는 세상

ROK
MEDIA
로크미디어

짐승 같은 뉴비 10 완결

2022년 10월 14일 초판 1쇄 인쇄
2022년 10월 19일 초판 1쇄 발행

지은이 예정후
발행인 김정수 강준규

기획 이기헌 왕소현 박경무 강민구 조익현
책임편집 천기덕
마케팅지원 이원선

발행처 (주)로크미디어
출판등록 2003년 3월 24일
주소 서울시 마포구 성암로 330 DMC첨단산업센터 318호
Tel (02)3273-5135 **편집** 070-7863-0307 Fax (02)3273-5134
홈페이지 rokmedia.com E-mail rokmedia@empas.com

값 8,000원

ISBN 979-11-354-7468-2 (10권)
ISBN 979-11-354-7458-3 04810 (세트)

짐승 같은 뉴비

궤정후 퓨전 판타지 장편소설

10

완결

Contents

징벌자 뉴비

마인드 리딩.

고위 악마종 몬스터들은 상대의 내면세계에 침투하여 그 전투 계획을 미리 읽어 내곤 했다.

즉 상대의 노림수를 다 파악한 상태에서 가지고 놀듯이 싸우기를 즐긴다는 뜻이다.

'변태 같은 놈들이지.'

지성을 신봉하며 전투 계획을 면밀하게 세우는 인간 헌터들과는 상성이 좋지 않은 몬스터라고 할 수 있다.

하지만 내 경우는 조금 달랐다.

나는 수인종 헌터들처럼 본능으로 싸우는 방식에도 능숙하지만, 내 내면세계를 들여다보려는 음습한 수법을 역이용할 수도 있었다.

전의식을 여럿으로 중첩하는 방법이 바로 그것이었다.

생물의 내면은 하나의 덩어리가 아니라, 셀 수 없을 만큼 많은 단으로 이루어져 있으니.

'의식의 표면에서는 단 하나의 계획만 존재하는 것처럼 비쳐지더라도, 사실은 그 아래로 수많은 무의식과 다른 생각들이 켜켜이 쌓여 있는 법.'

이런 상태에서는 나 역시 동선을 명확하게 알지 못한다.

안다고 생각했더라도 찰나에 불과하며, 계획을 회수했더라도 다시 그 길로 갈 수도 있다.

그러므로 카르테시오라가 나의 내면에서 읽어 낸 것은 불완전하고 무의미한 일각에 불과했다.

내가 풀어놓은 해청에게 백작이 당한 것은 이러한 기만의 결과였다.

'두 놈이 함께 있는 것이 꼭 나에게 불리한 것은 아니거든.'

오히려 나는 백작의 존재를 거꾸로 이용해서 전투를 주도할 수 있게 되었다.

물론 놈이 일격으로 쓰러진 것은 아니었다.

"흐으읍……!"

백작은 비틀거리면서도 그 자리에서 기력을 폭발시켰다.

그러자 그림자 한복판이 툭 잘려 나가더니 이글거리는 증기가 치솟았다.

대체 어떻게 한 건지는 모르겠지만 차원 통로로부터 뽑어져 나오는 순수 마력을 고열의 형태로 치환하여 방어막처럼 두른 것이다.

놈의 등판에 꽂혀 있던 해청의 칼날은 그 경계에 갇혔다.

－으아악, 뜨거워엇!

해청이 비명을 내지른 순간, 나는 두 가지 권능을 한꺼번에 전개했다.

아주 작은 빈틈만 만들면 된다.

[권능 : '화산 원숭이의 분신술'.]
[권능 : '암살자 원숭이의 보이지 않는 손.']

퍼퍼퍼퍼펑!

십수 명의 분신이 나와 어깨를 나란히 하며 등장했다.

그리고 한 점을 향해 공간을 뛰어넘는 정권을 꽂아 넣은 것이다.

오로지 나 하나만 노리고 있던 카르테시오라는 제대로 반응하지도 못했다.

백작이 휘감은 방어막에 틈이 생기자 해청은 재빨리 빠져나왔다.

순간적으로 검신을 톱날 형태로 바꾼 변이한 상태에서 뽑혀 나온 것은, 순전히 녀석의 전투 센스였다.

-죽엇!

"끄아아악!"

백작의 등판이 걸레짝처럼 찢기며 피 분수를 뿌렸다.

놈이 아무리 계외의 존재들과 손잡고 이능을 휘감은 초인이라고 하더라도 심장이 파괴되면 움직일 수 없다.

당장 스스로 치료하거나, 최소한 아티팩트를 이용해서 혈류의 순환을 지속시키는 조치가 필요했다.

쉽게 말해 시시각각 죽어 가는 상황이었다.

그런데 발아래의 거대한 그림자는 웃었다.

〈크하하하하! 흥미로웠다. 역시 정점은 뭐가 달라도 다르구나! 나를 가지고 놀다니……!〉

아무래도 딱히 동료 의식 같은 건 없는 모양이다.

그렇다면 백작을 이용해서 교란 작전을 펼치는 것은 무의미하겠고.

'오히려 치워 놓고 다음 상황에 대처하는 게 제일 낫겠군.'

몇 가지 옵션들을 머릿속에서 지워 버린 뒤, 나는 핏물을 게워내면서도 여전히 마력을 휘감고 있는 백작을 향해 돌진했다.

그리고 해청에게 명령했다.

"현신해서 카르테시오라의 촉수들을 다 찢어 버려."

-오래 버티진 못할 텐데!

"잠깐이면 돼. 15초 정도."

-아, 그 정도라면! 알았어!

[권능 : '해태의 현현'.]

비행하던 칼날이 변이하며 신수의 몸체가 새로이 만들어졌다.

내 명령에 따라 녀석은 날뛰기 시작했다.

"그아아아아앗! 현실로 보니까 너무 기분 나쁘잖아! 오늘부터 촉수물은 절대 반대해!"

촤촤촤촤!

뭔가 이상한 고함을 고래고래 질러 대며 그림자 팔들을 미친 듯이 찢어발기기 시작했다.

그렇게 해청이 시간을 버는 사이, 나는 백작의 머리통을 움켜잡았다.

"오랜만이군. 백작. 이번엔 인형이 아닌 모양이지?"

"……쿨럭! 쿨럭! 제법, 제법이외다!"

"허세는."

시베리아에서는 내가 죽을 뻔했지만 이제는 반대였다.

백작은 피 칠갑을 한 채 시시각각 죽어 가고 있었다.

그리고 나는 놈을 이용할 작정이었다.

천지 전체에 거대한 아지랑이가 일었다.

그구구구구구구…….

영향력이 역전되며 일어나는 파장의 공명.

나는 굳어 버린 백작을 향해 빙긋 웃어 줬다.

"내가 뭘 하려는 건지 알겠어?"

"설마…….'

"주인! 이제 무리야! 돌아갈게!"

해청이 나에게 복귀하기 시작한 순간, 백작은 말없이 눈알을 뒤집었다.

이대로 쉽게 죽으려고? 어림도 없지.

"누가 허락했어?"

　　[알림 : '신성'이 전개되고 있습니다.]

　　[안내 : 일정 공간의 시간 역행이 수행됩니다.]

백작의 눈동자가 거꾸로 제 상태로 돌아온다.

죽은피를 쉼 없이 게워 내면서도 놈은 죽을 수 없었다.

'내가 허락하지 않았으니까.'

이 공간은 신성을 이용하여 통제할 수 있다.

나는 백두산 정상에 들어선 순간부터 그걸 직감할 수 있었다.

천지의 지형 전체가 마치 게이트 내부처럼 마력을 품은 상태로 기능하고 있었던 것이다.

그랬다.

이것이 신인류가 원하는 형태의 세계.

'신세계…….'

아이러니하게도, 이 신세계라는 환경은 내가 마음껏 주무를 수 있는 것이었다.

이엘린의 게이트에서 망가진 자작나무 숲을 되돌렸던 것과 마찬가지로, 공간에 귀속되어 있는 시간 선까지 통제할 수 있었다.

물론 그만큼 어마어마한 신성이 소비되고 있었지만.

[정보 : 흡수되는 에너지에 의해 소모값이 충당되고 있습니다.]

천지 밑바닥에서 백작을 향해서 뿜어져 나오는 순수 마력으로 다시 채워 넣으면 그만이었다.

즉, 자석처럼 순수 마력을 당겨 오는 백작을 이용해서, 이곳의 모든 요소들을 통제할 수 있는 상황.

나는 지금 신과도 같았다.

잠시 격을 끌어 올려서 마신이 된 악마왕?

"……없애야지."

나는 호수 위에 깔린 그림자를 향해서 손바닥을 쥐었다.

그러자 공간이 응축했다.

일련의 행동까지 필요했을 만큼 내가 표출한 의지는 강력했고, 시스템은 신속하게 작동했다.

어쩌면 간단한 일이었다.

'놈을 지운다. 완전히 제거한다.'

신성이 뭉텅이로 빠져나간 순간, 카르테시오라의 그림자 전체가 일그러지더니 마구 너울을 쳐 댔다.

그리고 바스라진다.

고인 물의 밑바닥에서 마개를 쑥 뽑아 버린 것처럼 회오리를 치며 빨려 나가고 있었다.

카르테시오라는 자신이 소멸하고 있는 과정에 대해서 어느 정도 알아차린 듯했다.

〈너, 설마 그 대신격을……?〉

놈이 대신격을 언급한 것은 그리 놀랄 일이 아니었다.

악마왕이라면 '영원'에 대해 알고 있을 수도 있겠지.

그러니 여기서 카르테시오라를 살려 두고 정보를 캐내는 것도 나쁜 선택은 아닐 것이다.

하지만 난 그러지 않았다.

흑색의 악마와 비슷한 격을 가진 악마종이라면 몇 놈 더 있으니까.

'어차피 악마계에 갈 텐데, 굳이 여기서 시간을 끌 필요는

없지.'

나는 경련을 일으키는 백작의 머리통을 쥔 채 한 번 더 힘을 전개했다.

악마왕을 제거하는 것.

비록 본체로 와서 한 일은 아니지만, 놈은 러시아를 장악하고 악마종을 전 세계에 뿌려서 차원 과학자들을 악마계로 압송한 장본인이었다.

나와 신우에게서 아버지와 어머니를 앗아 간 장본인.

'영원한 무저갱으로 떨어져라.'

디멘션 하트를 파괴하여 게이트를 폐쇄시킬 때마다 보았던 깊고 어두운 바닥.

나는 이제 그 틈새의 정체를 알고 있다.

그것은 차원과 차원 사이에 존재하는 간극이며, 부유하는 모든 것을 집어삼키는 공허였다.

게이트에서 탈락된 것들은 그곳으로 버려지게 된다.

바로 지금처럼.

파스스스스……

카르테시오라는 완전히 사라졌다.

나는 신성을 거두고 백작을 눈높이까지 들어 올렸다.

"……"

죽은 것도, 산 것도 아닌 놈은 마치 고장 난 시계처럼 움찔거리는 동작을 반복하고 있었다.

나는 검의 형태로 돌아온 해청에게 물었다.

"혹시 이놈이 바깥으로 연결된 징후가 보여?"

이번에도 백작이 인형을 사용했을 가능성.

그리고 놈이 미국에 몸을 숨기고 있는 이사장과 연결되어 있을 가능성까지 철저하게 검증할 필요가 있었다.

─아니, 없어. 확실히 단절된 상태야.

신수로서 고유한 탐지력을 가지고 있는 해청이 교차 검증 까지 해 주었다.

지금 내 손에 들린 백작은 확실히 본질 그 자체였다.

콰직!

너무나 쉽게 바수어지는 머리통.

손을 탁 털어 내자 놈이 남긴 진홍색 체액이 천지의 수면 위에 흩뿌려졌다.

허무한 최후와 함께 적막이 찾아왔다.

"후우."

홀로 남은 나는 한숨을 내쉬었다.

그러자 해청이 가볍게 진동하며 위로를 보내왔다.

─고생했어, 주인. 원수를 갚았구나. 축하한다고 하긴 좀 그 렇고, 주인의 스승도 뿌듯하게 생각하고 있을 거야.

"……그래."

정석진 마스터.

나는 그의 죽음을 비로소 실감했다.

그걸 단지 사고라고 부를 수 있을까?

좋게 생각하자면 한성우와 자신의 목숨을 맞바꾼 선생님의 선택일 수도 있겠지만…….

'어쩌면 모든 경우의 수를 계산하지 못한 내 실책일지도.'

나는 승률을 높이기 위해 회선을 다했다.

그러나 결과적으로는 한성우와 정석진 사이에서 양자택일을 한 것이나 다름없게 되어 버렸다.

두 사람 모두를 구해 낼 수 있었다면 좋았을 텐데.

그 상황에서 무엇이 정답이었을까.

'모르겠다. 도저히 모르겠어.'

아무리 나라도 모든 상황에 완벽하게 대응할 수는 없다.

신성을 이용해서 악마왕을 제거할 수 있었던 것은 백작의 존재와 놈이 이곳에 안배한 환경을 역이용한 덕분이었다.

정면 대결을 했다면 나도 적저 않은 출혈을 감당해야만 했을 터.

'차원 통로가 이렇게 열려 있던 게 다행이라고 해야 하나……?'

웃기는 일이다.

정말이지 뭐라 말할 수 없는 기분이었다.

─주인, 이제 어떡할 거야? 저 밑에 있는 차원 통로로 바로 들어갈 거야? 우리 이제 악마계로 가는 거야?

"……그래야겠지."

-오오! 새로운 세계……!

왠지 들떠 있는 해청의 반응에 나는 쓴웃음을 지었다.

"오래 있진 못해. 하루나 이틀 정도만 악마계에서 조사를 진행하고 바로 돌아오려고."

-응? 왜?

"위험을 최대한 분산해야 하니까."

신우와 함께 미리 세워 둔 나름의 계획이 있었다.

사실 당연히 그래야 하는 일이었다.

동해 밑바닥에서 그랬던 것처럼 무턱대고 들어가지는 않을 생각이었다.

'그때도 빨리 나올 수 있을 줄 알고 들어갔다가 생각보다 길어져서 곤란했으니까.'

우선 악마계와 인간계의 시간 압축 차이를 체크하는 것부터 시작한다.

한번 개설된 차원 통로는 구성 요소를 해체하기 전까지는 닫히지 않으니 가능한 일이었다.

'차이가 크면 클수록 문제가 되겠지.'

그에 따라 지구에서 필요한 조치를 취해 둔 뒤에, 본격적인 수색을 시작할 생각이었다.

이것이 나와 신우가 미리 계획한 대략적인 시나리오였다.

내가 한 사람 더 있었으면 좋았을 텐데.

-좋아! 그럼 하루만 돌아보고 빠져나오자고! 고고!

"……."

그러나 해청과 달리 나는 선뜻 행동을 취하지 못했다.

하나를 보면 열을 안다고 했던가.

나 자신에 대한 아주 강렬한 예감이 느껴진 탓이었다.

'만약 악마계로 압송된 차원 과학자들에 대한 정보를 입수한다면 내가 곧바로 돌아올 수 있을까?'

그대로 들이받을 것 같은데.

나 스스로를 잘 알고 있었기에 선뜻 발이 떨어지지 않는 아이러니였다.

하지만 해청이 입을 열자 금세 해결되었다.

-주인? 뭐 해? 혹시, 쫄?

"뭐? 쫄? 짜식이 주인한테……. 가자."

우리는 천지 밑바닥으로 잠수할 준비를 했다.

깊은 곳에서 뿜어져 나오는 무색무취한 마력의 중심점.

바로 그곳에 악마계로 연결된 차원 통로가 있었다.

그런데 그때, 남쪽에서 변화가 일어났다.

-어? 주인, 잠깐만. 뭐가 날아오는데? 엄청나게 빨라……!

해청이 말한 대로였다.

본진이 있는 남쪽으로부터 어떤 비행체가 엄청난 속력으로 날아오는 것이 느껴졌다.

지금의 나를 상회하는, 믿기지 않는 비행 속도.

그리고 나는 그 녀석과 마주하게 되었다.

"……형님."

"도윤수? 너……?"

신우와 함께 나타난 녀석은 이상하게도 낯선 표정을 짓고 있었다.

당연한 말이지만, 영혼이란 육안으로 확인할 수 없는 무형의 파장이며 에너지의 응집체다.

다만 마력을 느끼고 행사하는 각성자들은 어렴풋하게나마 그 힘을 감지할 수 있으며, 마나를 다루는 능력이 향상될수록 점점 더 영혼을 명확하게 느낄 수 있게 된다.

그렇기에 나는 도윤수를 마주한 순간 무언가 달라졌음을 감지할 수 있었다.

아니, 뭐라 말할 수 없을 만큼 거대한 변화였다.

하지만 그걸 지적할 타이밍은 없었다.

"사, 살아 있었어! 다행이야……."

품속으로 와락 뛰어든 여동생 때문이었다.

내가 죽었다고 생각한 건가?

눈을 껌뻑거리고 있는데 도윤수 쪽에서 입을 열었다.

"자하르 님이 산사태 소식을 전해 주셨습니다. 아무래도 형님께서 그 붕괴에 휩쓸린 것 같다고 하셔서 이렇게 날아온 겁니다."

"……."

"무사하셔서 다행입니다."

차분한 목소리로 말하는 녀석은 무척이나 낯설었다.

해청의 도움을 받아 영혼과 육체의 어긋남을 해결한 직후, 눈도 뜨지 못한 채로 나에게 경의를 표하던 모습과는 다른 사람인 것처럼 느껴질 정도였다.

'말투도 변했고.'

상황을 살피던 해청이 내가 느낀 것을 확인해 주었다.

－세상에, 영혼이 뒤엉켰잖아? 인간과 천마의 영혼이 하나로 뭉쳐 있어. 이게 가능한 거야⋯⋯?

영혼의 합일.

붉은색과 푸른색 잉크들을 함께 뒤섞으면 그 어느 쪽도 아니게 되듯, 지금 도윤수의 육체 안에 깃든 존재는 인간도 신수도 아니었다.

다시 말해 제3의 무언가.

자주색 잉크가 되어 버린 것이다.

'대체 무슨 일이 벌어진 거지?'

그보다도 과연 저놈을 도윤수라고 부를 수 있는 걸까?

나는 훌쩍거리는 신우를 안은 채 말없이 '그것'을 응시했다.

그러자 도윤수의 입이 천천히 열렸다.

"형님, 무슨 생각을 하고 계신지 압니다. 예, 저는 도윤수가 아닙니다. 그를 받아들여 만들어진 새로운 인격입니다."

"그럼 우린 초면이군."

"맞습니다. 절반의 초면이겠지요."

"절반의 초면이라……."

이제야 알 듯했다.

나를 상회하는 비행 능력이 가능했던 것은 천마와 합쳐진 덕분이었다.

이 영혼의 절반은 하늘을 자유롭게 날아다니는 신수가 된 것이나 마찬가지였으니, 그만큼 빠른 속도를 낼 수 있었던 것이다.

그렇다면…….

"너무 가까우니까 뒤로 좀 물러나."

"예, 그러지요."

우리는 마치 외나무다리에서 만난 원수들처럼 거리를 벌리며 뒤로 물러났다.

"오빠?"

신우의 표정이 굳어지는 것이 보였다.

하지만 이건 어쩔 수 없는 일이었다.

불확실성은 최대한 배제할수록 좋은 법이다.

나는 도윤수의 탈을 쓴 저 존재에 대해서 거의 알지 못했다.

어쩌면 내 생각보다 훨씬 위험한 존재일지도 모른다.

"오빠! 그러지 마! 윤수는……."

"아니, 도윤수가 아니지. 윤수의 일부를 가진 다른 존재잖아."

"그렇지만 여전히 윤수이기도 해!"

"난 윤수가 아닌 부분이 더 크게 느껴져."

사실 신우를 무사히 여기까지 데리고 온 것을 놓고 보자면 그리 공격적인 태도는 아닌 듯했다.

하지만 나에게 어떨지는 모를 일이었다.

천마의 영혼과 처음 대면했을 때, 놈은 나에게 아주 선명한 적개심을 드러냈었다.

퓨리 에너지가 재충전될 만큼 강렬한 적의.

그 태도와 감정이 어딘가 남아 있다면 터지기 직전의 폭탄을 마주하고 있는 것이나 다름없었다.

"……."

"형님."

과연 그렇게 불리는 게 맞는지는 모르겠지만, 도윤수는 나를 호명하며 희미한 미소를 지어 보였다.

그리고 의외의 제안을 던졌다.

"우리, 여기서 계약을 하나 맺는 것이 어떻습니까."

"계약?"

"예, 형님은 이제 저를 믿지 못하고, 저 역시 형님을 전처럼 흠모하지는 않습니다. 우리가 달라졌다는 것은 어쩔 수 없는 일이며, 피차 받아들여야만 하는 문제입니다."

맞는 말이다.

믿음과 호의가 사라졌으니 그 공백에 다른 것을 채워 넣을 수 없다면 이 관계는 끊어 내야만 했다.

　바로 그러한 까닭에 도윤수는 '계약'을 언급한 듯했다.

　공백에 권리와 의무를 채워 넣자는 이야기다.

　그렇다면 계약의 내용은……?

　"악마계에서 부모님을 찾을 계획이라고 들었습니다. 그 탐색전을 제가 맡겠습니다. 어떻습니까?"

　"뭐? 야! 도윤수!"

　"……네가 악마계로 들어가겠다고?"

　"예."

　신우가 고함을 빽 질렀지만 도윤수는 들은 척도 하지 않았다.

　역시 달라졌다.

　내가 알던 도윤수라면 신우의 뜻을 절대로 거스르지 못했을 것이다.

　어쨌거나 그 제안은 꽤 흥미로웠다.

　'악마계와 인간계의 시간 압축 비율을 모르는 상황이고, 그곳의 자세한 사정이 어떤지도 파악이 안 되어 있다.'

　그리고 신인류가 일으킨 사변은 이제 막 시작되었을 뿐이다.

　나를 대신해서 타계의 정보를 수집해 줄 사람이 있다면, 상황을 조금 더 안정시키고 악마계로 들어갈 수 있게 된다.

'위험을 분담할 수도 있고. 무엇보다 신우에게서 도윤수를 떼어 놓을 수도 있겠군.'

나로서는 나쁠 것이 없는 제안이었다.

이제 문제는 내가 그 대가로 무엇을 치러야 하느냐는 것인데…….

도윤수가 제시한 조건은 무척 간단했다.

"저는 아티팩트를 하나 구하고 싶습니다."

"무슨 아티팩트?"

"시간 도둑 코볼트의 응집석. 형님께서는 뭔지 아시리라고 생각합니다만."

"……."

단순한 조건이었으나 머릿속이 복잡해지는 기분이었다.

공교롭게도 그 아티팩트는 도윤수가 단순한 뇌손상을 입은 상태라고 알고 있었을 때 내가 구하려고 했던 물건이었다.

일정한 범위에 걸쳐서 시간을 되돌리는 강력한 마법 장치.

나는 이 아티팩트를 이용해서 윤수의 두뇌 자체를 과거 시점으로 되돌려 보낼 계획을 세웠었다.

'그런데 이걸 필요로 한다고?'

묻지 않을 수 없었다.

"왜? 어째서 그게 필요한 거지? 용도가 뭔데?"

"비밀입니다."

"그럼 협조하기 어려운데."

"그러십니까? 그럼 없던 일로 하시죠."

"……."

흠, 안 통하네.

역시 천마와 뒤섞인 도윤수는 만만치 않았다.

오랜만에 보름달 여우의 눈을 이용해 볼까 싶기도 했지만…….

　[알림 : 상대의 정신 방벽을 넘지 못했습니다.]

　[알림 : 상대의 정신 방벽을 넘지 못했습니다.]

　[…….]

씨알도 먹히지 않는다.

도윤수는 의미심장하게 웃었다.

"형님, 인간과 신수가 하나로 합쳐진 결과를 무시하지 마십시오. 특히 디멘션 하트에 깃들어 있던 천마는 어지간한 게이트 보스도 범접하지 못하는 최상위 신수였습니다. 지금의 저는 어떤 SSR급 헌터와 맞붙어도 밀리지 않을 겁니다."

해청이 그것이 허세가 아님을 확인해 주었다.

-쳇, 재수 없지만 사실이야. 그 천마와 결합한 상태라면 어지간한 정신 마법은 전부 면역일 거야.

나도 대충은 알고 있다.

천마는 신선, 천제, 선녀 등의 EX급 몬스터들이 부리는 전마였으니 보름달 여우의 눈이 통하지 않는 것도 그리 이상한 일은 아니었다.

'시간 도둑 코볼트의 응집석이란 말이지…….'

잠시 생각에 잠겼던 나는 고개를 끄덕였다.

"그래, 하지."

제안을 받아들이기로 했다.

도윤수는 악마계에서 탐색전을 수행하고, 나는 '시간 도둑 코볼트의 응집석'을 구해다 주는 계약.

그러자 도윤수의 눈동자가 반짝였다.

"정말 계약하실 겁니까?"

"한다고. 계약 마법 쓸 것 아냐? 네가 시작해."

"알겠습니다."

계약 마법이란 마력 교환을 통해 지정한 담보를 상호 관리하에 두어 계약 내용을 무시할 수 없도록 강제하는 교차 마법의 일종.

"담보는 무엇으로 하시겠습니까?"

"내 검인 해청으로 하지. 너는?"

"저는 제 심장으로 하겠습니다."

"……그러든가."

[스킬 : '컨트랙트'.]

[안내 : 계약 조건들이 등록되었습니다.]

[안내 : 설정된 계약 기간은 6개월이며, 별도 갱신이 없는 경우에는 자동 파기됩니다.]

[…….]

마법이 맺어졌다.

만약 내가 계약을 제대로 이행하지 않으면 도윤수가 해청을 부술 수 있고, 반대의 경우에는 내가 도윤수의 심장을 부술 수 있게 되었다.

사실 조악한 마법이었다.

대마법사의 경지에 도달한 나로서는 허점을 파고들어 깰 수 있는 수준.

하지만 도윤수는 희미한 웃음을 지어 보였다.

"시간 도둑 코볼트의 응집석은 늦어도 6개월 안에 넘겨주셔야 합니다. 만약 계약 내용을 이행하지 않는 경우엔……."

"그런 경우엔?"

"……무슨 일이 벌어질지 장담하기 어렵겠지요."

"그거, 협박이냐?"

"아뇨, 각오를 말씀드린 겁니다. 저의 합당한 권리를 무시당했을 때, 그것을 반드시 되찾아 가겠다는 '각오' 말입니다."

그 말에 나는 피식 웃었다.

"무섭네. 계약은 반드시 지킬 테니 걱정 마라."

"예."

상대를 기만할 생각은 없다.

내가 계약을 수용한 것은, 혹여 도윤수가 응집석으로 허튼 짓을 벌인다 하더라도 통제할 수 있다는 자신이 있기 때문이었다.

"그럼 악마계의 탐색 결과를 가지고 돌아오겠습니다. 만약 제가 6개월 안에 돌아오지 않는다면 그냥 죽은 걸로 아시면 됩니다."

정말 아무렇지도 않게 자신의 죽음 가능성에 대해 언급한 도윤수는 천지의 수면 아래를 향하여 몸을 던졌다.

곧바로 차원 통로로 들어가는 것이다.

그러자 신우가 움직였다.

"나도! 나도 갈게! 윤수 혼자 보낼 순 없잖아? 그러니까……!"

"응, 당연히 안 돼."

"왜! 좀 놔 봐! 놓으라니까?"

"놓으면 냅다 튈 거면서. 내가 모를 거 같냐, 어리석은 동생아?"

나는 여동생의 팔을 단단히 붙들었다.

마력이 터져 나온 것은 바로 그 순간이었다.

[스킬 : '더미 메타테시스'.]

"나도 갈 거라고……!"

순간적으로 가짜 몸을 만든 뒤 진짜 육체와 치환하여 위기를 모면하는 마법사들의 생존 스킬.

마법까지 동원해서 탈출을 감행한 것이다.

나에게 인형을 안겨 준 신우는 어느새 도윤수의 뒤를 쫓아서 날아가고 있었다.

허 참, 어이가 없네.

'이딴 게 나한테 통할 거라고 생각했나?'

미안하지만 봐줄 수가 없다.

나는 곧바로 힘을 사용했다.

[권능 : '음험한 개코원숭이의 밧줄'.]

촤르륵!

단단한 밧줄이 휘감기며 신우의 몸통을 묶어 버렸다.

녀석은 비명도 내지르지 못하고 그대로 허공에 고정되었다.

그러니까 왜 덤벼?

"……."

도윤수가 잠시 뒤를 돌아보더니 이윽고 수면 아래로 잠수하여 들어가는 것이 보였다.

신우는 밧줄에 묶인 채 힘없이 대롱거리는 중이었다.

화가 잔뜩 났는지 아무런 말도 없이 나를 노려보는 녀석.

나는 씨익 웃어 줬다.

하지만 신우는 반응이 없었다.

"음? 뭐야……?"

설마.

뭔가 이상하다는 것을 느낀 나는 밧줄을 확 잡아당겼다.

그러자 신우의 몸통이 반으로 뚝 부러지는 것이었다.

동시에 툭 떠오르는 시스템 메시지.

[안내 : C등급 몬스터 '하급 형악마종 수행자'를 처치했습니다!]

"……당했다."

-와우! 더블 페이크!

내가 붙잡은 것은 신우가 아니라 녀석의 모습을 취하고 있던 악마종 몬스터였다.

바로 천호동 암시장에서 내가 구매했던 그 형악마종.

발칙한 여동생은 스킬과 몬스터를 이용해서 나에게 이중 교란 작전을 시도했고, 보란 듯이 성공시켰다.

'그걸 이렇게 써먹다니, 꼭 미리 준비한 것 같잖아?'

풍덩!

그 순간 큼직한 무언가가 천지 아래로 들어가면서 물소리를 냈다.

눈에 보이는 것은 없었지만, 수면 위로 퍼져 나가는 선명한 파문이 누군가 도윤수의 뒤를 따라 물 아래로 들어갔음을 증명하고 있었다.

기감을 집중시키니 비로소 신우의 움직임이 느껴졌다.

'내가 다시 쫓아오면 어쩌나 싶어서 가속 마법까지 사용했군.'

이쯤 되면 집념이다.

억지로 다시 끌고 나오더라도 소용없는 수준이었다.

나는 한숨을 푹 내쉬었다.

"그래, 그럼 맘대로 해라."

……네 팔자 네가 꼬는 거지.

그리고 쏜살처럼 한 달이라는 시간이 흘렀다.

식량 배급이 이뤄지고 있는 광화문 광장 한복판.

꾀죄죄한 몰골로 음식을 우물거리는 시민들의 눈동자에서는 빛을 찾아보기 힘들었다.

겨울 내내 전쟁이 지속되며 거의 대부분의 경제 활동이 중지되었고, 사람들은 하루하루 먹을 것이 있음에 감사해야 하는 상황을 견뎌야만 했다.

언제 일본처럼 붕괴될지 모른다는 공포심이 모두를 괴롭

히고 있었다.

그런데 신문들이 뿌려지기 시작했다.

"음······?"

"뭐야? 이건?"

전쟁이 시작된 뒤로 전력과 반도체의 공급이 거의 끊기다시피 했다.

그런 탓에 언론사들은 활자 매체로 소식을 전하는 것에 집중하고 있었으니, 전처럼 빠르게 기사를 뿌려 대는 것은 불가능한 상황이었다.

대부분의 시민들은 알음알음 귀동냥으로 전쟁의 소식들을 전해 듣곤 했다.

그런데 모처럼 신문지가 뿌려지고 있었다.

"긴급 속보라고? 잠깐만, 이게 정말이야······?"

"여, 여러분! 한반도가 완전히 탈환되었답니다!"

"방금 최원호 헌터가 발표했는데! 우리 헌터들이 대동강 이북으로 몬스터들을 전부 밀어냈대요!"

"뭐, 뭐라고?"

신문을 먼저 받아 든 사람들이 고함을 질러 대자 난장판이 일어났다.

"나도! 나도 볼 거야!"

"신문 줘요! 여기요! 아저씨이이잇!"

승전보는 그렇게 퍼져 나가기 시작했다.

모든 언론이 최원호를 칭송하기 시작했다.

한때 최원호에게 손가락을 했던 것을 깡그리 잊은 것처럼.

　　[더 게이트] '특보' 최원호 헌터, "한반도 수복에 성공했다" 현재
공식 발표 중……

　　[한경신문] 봄은 최원호의 발걸음에서 오는가?

　　[시대일보] 최원호 마스터의 손짓, '우리 땅을 되찾았다!'

최원호 역시 신문 기사를 읽고 있었다.

……(전략)……

　　북방 전선으로부터 희소식이 전해졌다. 드디어 한반도 전역
을 몬스터들로부터 탈환했다는 소식이다.

　　세계 최대의 헌터 연합군인 '클로저스 연합'의 최원호 마스
터는 중국의 레이황, 터키의 카라바크 헌터와 함께 공동 기자
회견을 열고 이 같은 사실을 발표했다.

　　이들은 여름이 오기 전까지 아시아 전역에서 몬스터들을 몰
아내겠다는 각오를 드러내기도 했다.

　　이인국 대통령은 최원호 헌터에게 축전을 보내어 대한민국
국민의 일원으로서 감사의 인사를 전했고, 지상군을 투입하여

옛 북한 지역을 평정할 계획을 발표했다.

훈훈한 분위기다.

유럽과 오세아니아 지역에서도 헌터들의 분전이 이어지고 있다고 하니, 머지않아 전 세계에서 몬스터들을 밀어낼 수 있다는 장밋빛 미래가 점쳐지는 것도 무리는 아니다.

하지만 샴페인을 터트리기에는 한참 이르다.

오히려 호흡을 가다듬고 새로운 전쟁을 준비해야 할 때다.

일본 열도는 여전히 몬스터들에게 점령되어 있고, 멕시코가 붕괴된 이후로 연락이 두절된 북미에서는 무슨 일이 벌어지고 있는 파악조차 되지 않는다.

최원호 헌터는 신인류라는 괴조직과 '세계 클랜 협의회'가 이 사태의 배후에 있다고 지목한 바 있다.

만약 그것이 사실이라면, 이 전쟁은 쉽게 끝나지 않을 것이다.

어쩌면 한때 인류 최강의 헌터라고 불렸던 존 메이든 헌터와 최원호 헌터가 전장에서 맞붙는 비극이 일어날지도 모를 일이다.

-뉴스 오브 헌터, 양대규 기자.

"⋯⋯재밌네."

이제야 좀 기사다운 기사가 나오기 시작했다.

마구잡이로 나를 칭송하는 기사가 아니라, 제법 식견을 갖춘 분석이었다.

신문을 야전 침대에다 툭 던져 둔 나는 곧장 몸을 일으켜 막사 바깥으로 나섰다.

눈발이 흩날리는 야전.

이곳은 옛 북한 지역의 최북단인 함경북도였다.

이렇게 막사에 앉아서 신문을 받아 보는 일 자체가 호사라고 할 수 있는 오지였다.

하지만 헌터들의 분위기는 평온했다.

"연합장님! 식사하시죠!"

"오늘은 보급이 꽤 괜찮은데?"

"육군 보급부대가 개마고원까지 올라왔답니다. 덕분에 이쪽으로 식량 추진하는 사정도 확 좋아졌고요."

"오오오!"

삼삼오오 모여 앉은 헌터들은 즐겁게 떠들고 있었다.

별로 좋아지지도 않은 식판 사정에 칭찬을 퍼붓는 모습에서는 희망이라는 것이 느껴졌다.

하나의 작은 전쟁을 끝냈으니 곧 큰 전쟁도 끝낼 수 있을 것이라는 마음의 불씨.

나는 그들 사이로 끼어들었다.

"나도 좀 줘."

"옙! 맛있게 드십셔!"

식판 위에 감자 몇 알과 무말랭이, 된장국 한 사발이 놓여졌다.

보잘 것 없지만 나름의 화룡점정.

"자, 양념치킨! 연합장님은 한 조각 더 드리겠습니다. 꽤 맛있습니다, 이거?"

배식을 맡은 헌터가 닭튀김들을 식판에 올려 주며 낄낄거렸다.

나는 피식 웃으며 그것을 앞뒤에 있는 헌터들에게 나누어 주었다.

헌터들은 그걸 두고 덕장의 풍모라느니, 채식주의자 맹장이라느니, 그게 아니고 배부른 위장이라느니 떠들어 댔다.

'웃기는 놈들.'

나는 그들 사이에서 생각에 잠겼다.

'지금까지는 그럭저럭 잘해 왔어.'

정석진 마스터의 죽음이라는 크나큰 손실을 제외한다면, 유격전을 선택한 것은 신의 한 수였다.

머리 역할을 하던 카르테시오라를 처치함으로써 지지부진했던 전선의 상황을 단번에 타계할 수 있었고, 헌터들은 불과 한 달 만에 만주까지 진출했다.

'……그래, 만주.'

한반도의 이북 지역이면서, 중국의 입장에서 보자면 랴오닝 성, 지린 성, 헤이룽장 성까지 포함하는 광활한 지역.

사실 우리는 한반도를 탈환하는 것에서 그치지 않고 러시아와 접한 설원 지역까지 진출한 상태였다.

그럼에도 언론이 한반도만 언급한 것은 일종의 연막이었다.

세계 곳곳에 끄나풀들을 심어 두었을 신인류 조직을 의식한 연막작전.

우리를 지켜보는 적에게 하나라도 더 감춰 둬야 유리한 고지를 점할 수 있다.

'지금은 아시아 지역에서 싸우고 있지만, 결국엔 미국으로 칼끝을 돌리게 될 수밖에 없거든.'

앞서 읽었던 기사의 내용처럼, 언젠가는 나와 존 메이든이 직접 맞부딪쳐야만 했다.

그래야만 끝나는 전쟁이었다.

"후우……."

피로감이 없다고 한다면 거짓말이다.

특히 백두산 정상에 열려 있는 차원 통로를 생각하면 입안이 바짝바짝 타는 기분이었다.

천지 밑바닥에 있는 차원 통로를 통해 악마계로 들어간 도윤수.

벌써 한 달이라는 시간이 지났는데 녀석은 아직도 감감무소식이었다.

'설마 죽었나?'

아닐 거다. 아니어야 한다.

신우까지 함께 넘어간 마당인데, 안 좋은 일이 벌어졌다고 는 상상조차 하기 싫었다.

생각을 바꿔 먹자면 고작 한 달이 흘렀을 뿐이다.

악마계에서는 지구와 시간이 흐르는 속도가 다를 테니, 아 직 탐색 작전이 충분히 이뤄지지 않았다고 생각하면 될 일이 었다.

그리고 다시 소식이 뚝 끊어진 세현이는…….

'잘 지내고 있을 거야. 똑똑한 녀석이니까.'

정신 승리라도 해야만 했다.

그나마 한반도를 수복했다는 소식에 사람들이 환호하고 있다는 이야기를 전해 들으니 한결 나아졌다.

그리고 전쟁 상황이 조금씩 안정되며 생긴 변화 중 하나.

"오랜만이군."

"마스터! 다시 뵙게 되어 다행입니다!"

"최원호 헌터, 잘 지내셨나? 어째 좀 야윈 것 같은데?"

"……모두 오랜만이군요."

워해머, 헌드레드, 그리고 유광명까지.

따로 임무를 받아서 분리되어 있던 헌터들이 전부 복귀했 다.

부산을 거점으로 하고 있던 이들은 일본에서 출발하여 한 국 영토에 도달하는 일부 몬스터들을 막아 내는 역할이었으나, 이제는 공격대로 재편성되었다.

우리는 곧 동해를 건너 일본 열도를 정벌하게 될 것이다.

"감자가 맛있습니다. 좀 드시죠."

"크허허허!"

식판 위에 놓여 있던 감자 덩어리를 건네자 워해머가 나지막이 웃었다.

"감자를 좋아할 줄은 몰랐는데."

"……?"

나를 바라보며 의미심장한 표정을 짓는 중년인.

앞뒤를 툭 자른 듯한 워해머의 말에 나는 의아할 수밖에 없었다.

감자를 좋아할 줄 몰랐다고? 내가?

'갑자기 뭔 소리지?'

그때 유광명이 끼어들었다.

"한데 합류하기로 한 클랜들이 더 있지 않았나? 아, 그래, 블랙핑거 클랜은 아직인가?"

"오는 중입니다. 늦어도 오늘 저녁에는 합류할 것 같다고 하더군요."

"그렇군. 그럼 다른 클랜들은? 아이언팩토리도 안 보이는 것 같은데?"

"아이언팩토리는…….

나는 잠시 말을 멈추었고, 유광명의 눈빛이 살짝 가라앉았다.

내 침묵의 의미를 직감한 것이다.

"김자형 그 녀석이 설마 연합장의 명령에 불복하고 있는 건가?"

"그렇습니다."

"이놈이 감히!"

쿵!

유광명은 눈을 부릅뜨며 분노를 표출했고, 동시에 사뭇 묵직한 마력 파장이 대지를 후려쳤다.

"오우야⋯⋯."

"유 헌터님이 화가 나셨나 본데."

수저를 들고 있던 헌터들이 모두 뒤를 돌아볼 정도였다.

유광명은 뒤통수를 긁적였다.

"크흠. 미안하군. 다들 식사 맛있게 하시게나. 허허."

그가 화를 내는 것은 당연한 일이었다.

나와 텐류의 전투를 직접 중계한 뒤로 유광명은 1인 종군 언론인이자, 클로저스 연합의 후방 지원 담당관으로 활동하고 있었다.

그런 입장에서 아이언팩토리의 임시 마스터인 김자형의 불복종을 민감하게 받아들이는 것은 당연지사.

유광명은 턱수염을 매만지며 이맛살을 찌푸렸다.

"아무래도 알아차린 모양이지? 김주석의 최후에 대해서

말이야…….”

자연스레 목소리가 낮아졌다.

김자형의 아버지이자 아이언팩토리의 클랜 마스터였던 김주석.

텐류와 결탁했던 그가 결국 내 손에 죽음을 맞이했다는 사실은, 알려져서 좋을 것이 하나도 없었기에 기밀에 부쳐져 있었다.

그저 행방불명인 상태였다.

이런 문제에 대해 이야기하려니 조심스러워질 수밖에 없다.

“흐음, 글쎄요.”

나는 잠시 생각했다.

'김자형이 김주석 마스터의 죽음에 대해 알았을까……? 아닐 것 같은데.'

의외로 아이언팩토리의 지휘권을 이어받은 김자형은 나에게 고분고분한 태도를 취했다.

소속 헌터들을 철저하게 통솔하는 동시에, 내 명령에 따라서 동해안을 수비하면서 꽤나 괜찮은 전적을 올렸다.

아마 레벨 업도 적지 않게 거두었을 터.

김주석의 죽음에 대해 알아낼 정보 경로도 없거니와, 설령 알았다고 하더라도 이런 상황에서는 입을 다무는 것이 정상이었다.

'뭘 잘했다고 떠벌리면서 나서겠어? 나라 팔아먹으려고 했던 매국노가 죽은 건데.'

명분으로 보나 실력으로 보나, 김자형은 나를 척질 수 없는 상황이었다.

그럼에도 불구하고 최근 내 명령을 무시하고 독자 노선을 걷기 시작한 것이다.

"······우리 율탄 정보팀의 보고에 의하면 아이언팩토리 클랜원들은 울산항 근처에서 머물고 있다고 하더군. 돌고래 구경이라도 하는 걸까?"

워해머가 슬쩍 정보를 흘렸다.

나는 그 말에서 어떤 의미심장한 예감 하나를 느낄 수 있었다.

김자형이 다시 나에게 반기를 들 수 있었던 까닭.

아니, 그래야만 하는 이유.

'미국에서 손을 내밀었다면 거절할 수가 없었겠지.'

존 메이든과 김서옥의 그림자가 어른거리는 듯했다.

바로 그때, 새로운 인물이 우리의 주둔지에 모습을 드러냈다.

"······."

조금 긴장한 듯한 표정의 젊은 여자.

대강의 인상착의로 봐서는 한국인 헌터인 것 같은데, 클로저스 연합의 휘장도 없고 무기도 전혀 패용하지 않은 상태였다.

근데 묘하게 낯이 익은 얼굴인데?

'어디서 봤더라?'

그녀는 곧장 나에게로 걸어왔다.

헌터들의 시선이 한군데로 모였다.

다들 여자의 행보를 막을 생각도 못하는 듯 얼이 빠진 표정들이 되어 있었다.

나는 비로소 그녀를 알아보았다.

"당신, 우윤아 헌터?"

"네, 기억하시네요."

여헌터는 살짝 고개를 끄덕였다.

사실 긴가민가했다.

서울 정릉, D등급 게이트 '선녀 원혼의 바위산'.

내가 막 클로저스 클랜을 설립했을 때 폐쇄시켰던 그 게이트에서 스쳐 간 인연이었다.

기억 자체가 먼 옛날처럼 느껴질 만큼 짧은 만남이기도 했다.

하지만 그런 건 아무래도 좋았다.

나 또한 다른 헌터들처럼 멍청한 표정이 되는 것을 피할 수가 없었다.

"당신이 왜? 어째서……?"

"그게, 말하자면 조금 길어요."

싱긋 웃는 그녀는 '여신'이었다.

뜬금없이 우윤아가 예뻐 보여서 헛소리를 하는 것이 아니라, 내가 스페인까지 가서 만났던 그 여신.

다름 아닌 우리 차원의 수호자가 우윤아라는 인간 헌터와하나가 되어 있었던 것이다.

'신이 인간의 몸을 빌려서 나타났으니 강림이라고 해야하나?'

이게 대체 어떻게 된 거지?

내가 고민을 하거나 말거나 우윤아는 자신의 용건에 대해말했다.

"타계의 존재들이 당신을 만나고 싶어 해요. 정보를 화폐로 다루는 일족, '코그니시앙'. 혹시 만나 볼 생각이 있나요?"

드디어 올 것이 왔다는 생각이 들었다.

EX급 게이트, '아무것도 보이지 않는 무지성의 동굴'.

최고 등급의 게이트들 중에서도 가장 까다로운 축에 속했던 곳.

우윤아가 언급한 '정보의 일족'은 바로 이 게이트에 등장하는 인간형 몬스터들이었다.

엘프나 오크처럼 인간의 모습을 취하고 있었지만, 이상하게도 그 이름조차 제대로 알려지지 않았던 수수께끼의 존재들이었다.

'내가 코그시니앙이라는 이름을 알게 된 것도 불과 얼마

전의 일이지.'

북미에서 활동하는 결사단의 정보원들은 대부분 붙잡혀 제거되었거나 신인류 조직으로 포섭되었지만 그 와중에도 기적적으로 살아남아서 연락을 취해 온 요원들이 몇몇 있었다.

이사장과 결탁하고 있는 코그니시앙 일족에 대한 정보는 바로 그렇게 습득된 것이었다.

'놈들은 나를 생포하고 싶어 한다지? 그런데 만남을 요청했다는 것은……?'

함정일까?

아니면 노선 변경?

"역시 고민이 필요하겠죠? 하루 정도면 될까요?"

"……."

눈앞에서 우윤아가 고개를 기울이고 있었다.

여자의 똘망똘망한 눈동자를 바라보던 나는 잠시 미뤄 뒀던 의구심이 치솟는 것을 느꼈다.

"우윤아 헌터, 어쩌다가 당신이 여신과 하나가 된 겁니까? 당신은 결사단원도 아니었을 텐데요?"

여신은 타계의 존재들과 싸우는 일에 개입할 수 없는 처지라고 했다.

그런데 어떻게 갑자기 우윤아라는 인간에게 강림해서 여기에 나타날 수 있었던 것일까.

"그거야……."

빙긋 웃으며 이어진 이야기는 뜻밖의 것이었다.

"물론 당신을 만나기 위해서죠. 당신과 안면이 있고 당신을 만나고 싶어 하지만, 또 그렇게 가깝지는 않은 사이. 이 여자의 몸과 정신이 딱 알맞았어요."

"설마?"

"합당하고 올바른 계약이었으니까 걱정 말아요. 나는 당신이 나를 원망했던 만큼 되갚아 주기 위해서 온 거랍니다."

방관하던 신에 대한 원망.

'거기에 답을 주겠다?'

"……."

바람둥이 연합장에게 또 다른 여자가 나타났다며 수군거리는 헌터들 사이에서 나는 깊은 생각에 잠길 수밖에 없었다.

❦

여신은 지구의 마력으로 진행되는 모든 일을 관찰할 수 있다.

그런 덕분에 새로운 현상 하나를 직접 목격할 수 있었는데, 바로 최신우가 도윤수에게 여태까지 존재하지 않았던 마법을 시행하는 모습이었다.

'여혼과 이령의 파도.'

주문의 제목이 거창한 듯 들리지만 사실은 그런 게 아니다.

말 그대로 '혼을 남기고 영을 옮기는 물결'이라는 뜻이다.

결과적으로 이 마법은 실패했지만 장세현이 합세하면서 도윤수는 천마와 합쳐진 존재로 거듭났다.

즉, 영혼의 합일이 이루어진 것이다.

일련의 과정을 살펴본 여신은 자신 또한 인간 헌터와 존재를 섞을 수 있지 않을까 생각하기에 이르렀다.

그러다가 적당한 대상자를 찾아 그것을 성공시킨 것이다.

'도윤수가 천마라는 신수와 결합한 것처럼, 우윤아는 여신과 결합했다는 말이지.'

어쩌면 위험한 도박일지도 모른다.

지구 차원을 보호하는 신적인 존재가 인간의 격으로 떨어지고 허약한 육체에 갇히는 것이었으니.

하지만 인간들의 일에 간접적으로만 개입할 수 있었던 구태의 한계점에서 탈출하는 새로운 한 걸음이기도 했다.

"……."

"마스터, 그 천마도 디멘션 하트에 깃들어 있던 존재 아니었나요?"

"신기하군. 디멘션 하트와 차원의 수호자가 어떤 관련이 있는 것인지, 여러 가지로 생각해 보고 가설을 세워 봐야 할 듯하다."

우윤아에게 쉴 곳을 마련해 주고 돌려보낸 나는 이엘린과 자하르를 호출했다.

혹시 두 사람이 차원 수호자에 대해 아는 것이 없을까 해서였는데 이렇다 할 소득은 없었다.

다만 코그니시앙 일족에 대해서는 조금 달랐다.

"코그니시앙 일족이 마스터를 만나고 싶어 한다고요? 흠, 그들은 예전에 만나 본 적이 있어요. 새로운 정보라면 뭐든지 사들이는 놈들이죠. 상위 개체일수록 많은 정보를 가지고 있어서 거래를 터 두면 쏠쏠하게 활용할 수 있었어요."

이엘린 왕녀의 경험담이었다.

얼핏 들으면 새로운 정보를 탐닉하면서 게이트 공략에 협조해 주는 이지적이고 온순한 종족처럼 들렸다.

하지만…….

"놈들은 상대를 다 파악했다고 판단하면 곧바로 공격성을 드러낸다. 상대의 약점까지 이미 훤히 알고 있으니 싸워서 패배할 일이 없고, 그렇다면 굴복시켜서 남은 정보를 빨아먹는 것이 훨씬 더 빠르니까 뒤통수를 치는 것이다. 아주 사악한 놈들이지."

녹왕 자하르는 이맛살을 찌푸리며 혀를 찼다.

그녀는 코그니시앙 일족의 거래상을 신뢰하다가 거꾸로 당한 거인종들의 이야기도 들려주었다.

가만히 듣고 있자면, 코그니시앙 일족은 악덕 상인이라기보다 지능적이고 악랄한 강도 집단에 더 가까운 듯했다.

"하위 개체라면 상관없어요. 어차피 이지 능력이 불완전할 테고, 고급 정보와 그렇지 않은 정보를 제대로 구분하지 못할 거예요."

"그렇지만 만약 상위 개체를 대면한다면 이야기가 다르다. 놈들은 기본적으로 기만에 능해. 네가 뭘 원하는지 이미 완벽하게 파악하고 있을 거고, 그걸 거꾸로 이용해서 거래를 제시할 거다."

"자하르 님의 말씀이 맞아요. 얼핏 이득처럼 보이지만 장기적으로는 독이 되는 거래."

"분명히 '거절할 수 없는 제안'을 해 올 터. 조심해야 할 것이다."

거절할 수 없는 제안이라······.

'재밌네.'

언젠가 재밌게 보았던 고전 영화에서 비슷한 이야기가 나온다.

마치 선택을 할 수 있는 것처럼 조건을 제시하지만 사실은 답은 하나만 있는 협박.

압도적인 힘과 공포를 이용하여 상대를 몰아붙여서 받아내는 항복 선언.

아마 별로 다르지 않을 것이다.

코그니시앙 일족의 거래상과 대면하는 것은 오히려 위험

을 자초하는 일이 될 수도 있다.

하지만…….

"어디로 가면 됩니까? 우윤아 헌터도 동행하십니까?"

나는 그들은 만나 보기로 결정했다.

우윤아는 희미하게 웃었다.

"그들은 일본 열도의 북해도에서 기다리고 있어요. 네, 같이 가요. 저도 당신에게 궁금한 게 많거든요."

일본인들에게 홋카이도라고 불렸던 열도 북쪽의 큰 섬.

아직 가시지 않은 겨울의 한파 속에서 함박눈이 펑펑 떨어지는 중이었다.

일견 낭만적인 풍경이었지만, 설원 안쪽에는 폐허가 된 도시들이 쓰레기 더미처럼 쌓여 있었다.

게다가 이곳저곳에서 어슬렁거리는 몬스터들까지.

"저거, 아이스 트롤들일까요?"

"실버 트롤입니다. 상위 개체죠."

"실버 트롤. 그렇군요……."

가만히 고개를 끄덕인 우윤아는 살짝 돌아서더니 설원을 향해서 그대로 손바닥을 펼쳤다.

그러자 우리를 주목하던 수십 마리의 트롤들은 일제히 산

화했다.

마치 설원을 뒤덮고 있는 눈더미의 일부로 환원되는 듯이……

파스스스스스.

단지 손짓 한번으로 가루가 되어 흩어지기 시작했다.

우윤아로부터 시작된 소거 작업을 감지한 놈들은 사방팔방으로 도망쳤지만 결국에는 모두 바스라지고 말았다.

나는 헛웃음을 지었다.

'이거 너무 사기 아냐?'

그녀가 바로 옆에 있었으므로 나는 선명하게 느낄 수 있었다.

우윤아로부터 시작된 마력의 흐름은 폭풍과도 같았다.

헌터로 따지자면 200레벨 이상의 마법사가 전력을 다해서 마법을 사용하는 것처럼 느껴질 정도.

하지만 우윤아는 지친 기색을 조금도 비추지 않고 있었다.

"실버 트롤의 방어력이 제법 강하네요. 입자 형태를 가장 예리하게 조정했는데 이 정도라니, 놀랍네요."

진짜 놀라운 건 따로 있는 것 같은데.

"……"

말없이 바라보는 내 시선의 의미를 느꼈는지 우윤아는 흐릿한 미소를 지어 보였다.

"이건 지구의 마력을 통제하는 제 능력을 가장 효율적으로 사용하는 방법이에요. 마력소 자체를 변형하여 휘두르는 방식이죠. 따로 마력을 제어하지 못하는 몬스터를 상대하기에는 이만한 방식이 없더군요."

마력소(魔力素).

마법의 형을 이루는 에너지 덩어리 중에서도 가장 작은 단위의 입자를 뜻한다.

그런데 그 극소한 형태에 직접 개입해서 자유롭게 휘둘러 댄다?

'이건 레벨 200이 아니라 300이 되더라도 못할 거 같은데?'

물론 전능하다고 말할 수는 없었다.

여신에게 종속된 지구의 마력이 아니라면.

또는 스스로 마력을 제어할 수 있는 마법사를 상대로 한다면 그리 큰 효과를 보기 어려울 것이다.

그러나 우윤아가 직접 말한 것처럼, 무력 위주의 몬스터에게는 가히 재앙적인 효과를 가지고 있다고 말할 수 있는 수법이었다.

'이런 힘을 가지고 있는 존재가 진작부터 게이트 공략에 나섰더라면.'

그랬다면 상황은 많이 달라졌을 텐데.

"갈까요?"

"……네."

이제 와서는 다 의미 없는 이야기다.

나는 묵묵히 우윤아의 뒤를 따라 설원을 가로질러 갔다.

홋카이도는 제주도를 45개 붙여 놓은 것만큼이나 거대한 섬이고, 우릴 노리는 몬스터들이 지천에 깔려 있었으니 함부로 비행 마법을 전개하기는 어려웠다.

하지만 나나 우윤아나 일반적인 헌터의 범주는 아득히 넘어섰고, 홋카이도 한복판까지 진입하기까지는 그리 오래 걸리지 않았다.

"여기에요."

그녀의 말에 나는 천천히 고개를 끄덕였다.

"여기라고 하지 않아도 느껴지네요, 그 마력."

지독할 정도였다.

흡사 만년설처럼 흰 눈이 뒤덮인 설산의 골짜기 깊은 곳.

시커먼 공극이 아가리를 쩍 벌리고 있었고, 그곳으로부터 지독한 농도의 순수 마력이 휘몰아쳐 나오고 있었다.

나는 이 동굴에 대해 아주 잘 알고 있었다.

말 그대로 볘는 게 없는 동굴.

'……아무것도 보이지 않는 무지성 동굴.'

코그시니앙 일족의 EX급 게이트가 역류하여 우리 세계에 모습을 드러냈다는 증거였다.

그리고 놈은 느긋하게 모습을 드러냈다.

"오셨군요. 기다리고 있었습니다."

중절모에 시커먼 코트를 차려입은 말쑥한 인상의 남자였다.

그런데 눈의 검은자위와 흰자위가 거꾸로 되어 있다.

"혹시 거절당하면 어떡하나 했는데, 우윤아 님 덕분에 귀한 손님을 모실 수 있게 되어 다행입니다."

놈의 목소리를 들으며 나는 직감했다.

이놈, 게이트 보스 수준의 고위 개체다.

머릿속에서 경고등이 번쩍거리기 시작했다.

"수고해 주신 우윤아 님께 작은 답례를 하고 싶습니다. 받아 주시죠."

와르르르.

놈이 손짓하자 한쪽 구석에 작은 산이 생겨났다.

하나하나가 S등급 이상으로 느껴지는 마력석들이었다.

"……"

우윤아는 입을 꾹 다물고 있었지만 눈동자가 흔들리는 것은 피할 수 없었다.

온전한 신이었다면 신경 쓰지 않았을 터이나, 지금 그녀의 절반가량은 인간이었기에 마력석의 액수에 기겁한 기색이었다.

"하하하! 이건 중요한 거래를 앞두고 여러분 세계에 드리는 선물이라고 생각하셔도 좋습니다."

어마어마한 재력을 드러냄으로써 여신을 동요시킨 놈은 득의양양하게 웃고 있었다.

'허세 부리기는.'

내가 보고 있으니까 기선제압이라도 하시겠다?

히죽거리는 면상을 한 방 후려치고 싶을 만큼 얄미웠다.

어쨌거나 중절모를 벗어 둔 놈은 비릿한 미소와 함께 자신을 소개했다.

"저는 코그니시앙 일족의 최상급 거래자인 '데라쉬'라고 합니다. 이렇게 오랜만에 '수종'과 재회하게 되어 반가움을 금할 길이 없군요. 하하하!"

"너도 날 기억하나?"

"물론입니다. 이래 봬도 EX급 게이트에서 '그 사명'을 수행하는 입장이니까요. 비록 진짜 저는 아니지만 말입니다. 하하핫!"

"……."

상위 등급의 게이트 몬스터일수록 높은 격을 가지고 있었고.

데라쉬는 자신이 나에게 사냥당한 적이 있다는 사실을 분명하게 기억하고 있다.

그러니 보스급들은 그냥 단순한 게이트 몬스터로 치부할 수 없다는 것이다.

이들은 분명 누군가에게 지시와 사명을 부여받아 이용당하고 있는 일종의 병졸들이었다.

누가 게이트 보스들을 부리는 걸까.

'영원?'

바로 그 순간, 꼭 내 머릿속을 들여다보는 것처럼 섬뜩한 눈동자를 반짝거리면서 데라쉬가 입을 열었다.

"수종이시여, 혹시 '열쇠'를 가지고 계십니까? 그렇다면 이야기가 빠를 텐데요."

"열쇠? 무슨 열쇠를 말하는 건가요?"

지구에서 벌어지는 사건에 대해서는 모르는 것이 없는 우윤아였지만, '열쇠'에 대해서는 전혀 알지 못했다.

그건 근본적으로 지구의 물건이 아니었으니까.

"……."

나는 입을 꾹 다문 채 놈을 바라보고 있었다.

그러자 데라쉬는 느물거리며 입을 열었다.

"어째서 말씀이 없으십니까? 당신은 열쇠에 대해 알고 계시잖습니까?"

알다마다.

놈이 언급한 '열쇠'란, 무지성의 동굴 게이트에서 얻을 수 있는 특수 아티팩트였다.

하급종에게서는 발견되지 않고, 중급 이상의 개체를 사냥했을 때 드물게 얻을 수 있는 물건.

헌터가 그 열쇠를 이용하면 특별한 형태의 미니 게이트가 생성되곤 했는데, 거기서 진행되는 히든 미션도 꽤나 쏠쏠했다.

지금 돌이켜 생각해 보면 그 금고는 코그니시앙 일족들이 사용하는 아티팩트 저장 창고였던 것 같다.

'헌터들이 사용하는 아공간 주머니와 비슷하게, 열쇠가 없이는 손댈 수 없는 일종의 개인 공간인 거지.'

지금 데라쉬는 나에게 그것을 요구하고 있었다.

당연한 말이지만 나 역시 코그니시앙의 열쇠를 가지고 있지는 않았다.

오로지 무지성 동굴에서만 사용되는 아티팩트였으니 굳이 따로 챙겨서 나올 필요가 없었던 것이다.

'하지만 암시장에서 유통되기도 했던 물건이니까, 우리 연합의 헌터들 전체에게 수배해 보면 한두 개쯤은 나올 것 같긴 한데…….'

정 어려우면 레이황에게 도움을 청할 수도 있다.

하지만 그보다 우선하는 것은…….

"내가 너희의 열쇠를 가지고 있으면 뭐가 달라지지?"

열쇠를 요구하는 상대의 저의부터 밝혀내는 것이었다.

내가 질문을 던지자 놈은 씨익 웃음을 지어 보였다.

"열쇠의 용도 말입니까? 하하, 그런 모자란 질문을 받을 줄은 몰랐는데요……."

"모자란 질문?"

"예, 당연한 것 아닙니까? 만약 당신이 이사장보다 더 많은 열쇠를 가지고 있다면 우선순위가 바뀌는 겁니다. 우리는 당신의 손을 잡고 당장 이사장의 목을 날릴 수도 있습니다."

"……!"

"저는 당신이 우리 일족에 대해서 어느 정도는 파악하고 오셨을 줄 알았는데, 그렇지만도 않은 모양이네요. 하하하!"

기분 나쁜 목소리로 깔깔거리는 데라쉬.

나는 우윤아를 잠시 돌아보았다.

하지만 그녀 또한 데라쉬의 의도나 계획에 대해서는 알지 못했는지 당황한 눈치였다.

'우선순위가 바뀐다고?'

그럴 수 있다면 나로서는 나쁠 것이 전혀 없었다.

이사장이 정보의 일족과 손을 잡고 있는 것은 꽤나 귀찮은 문제였다.

이놈들은 특히 나에게 집착하고 있었다.

이런 상황에서 코그시니앙 일족의 우선순위를 바꿀 수 있다면 전 지구적인 전쟁 상황에 다시 한번 대격변을 가져올 수도 있었다.

어쩌면 신인류 전체를 일거에 뿌리 뽑을 수 있을 기회를 만들 수 있을지도 모른다.

"……그럼 이사장은 몇 개의 열쇠를 가지고 있었지? 모두 너희 일족에게 건네준 거냐?"

이는 이사장과 코그니시앙 일족의 동맹이 얼마나 굳건한지 체크하는 일이기도 했다.

혹시 우리 클로저스가 그 분량을 넘을 수 있다면?

'피 흘리지 않고 코그시니앙을 무력화시킬 수 있다.'

오히려 그 칼끝을 이사장에게 돌릴 수 있을 터.

그러나 나의 이런 희망찬 상상은 한 순간에 시궁창에 꼬라박히고 말았다.

"279개입니다."

"뭐, 뭐라고?"

"279개."

"……."

이런 미친.

데라쉬의 대답에 나는 잠시 할 말을 잊었고, 우윤아는 큰 눈을 깜빡거리며 되물었다.

"279개? 그게 많은 건가요? 얼마면 모을 수 있죠? 반드시 새 물건이어야 하나요?"

그러자 데라쉬가 흐흐 웃으며 직접 말을 열었다.

"많다면 많고, 적다면 적은 겁니다. 저희의 열쇠가 새 물건일 수는 없습니다. 오히려 때 타고 오래된 물건만이 남아 있을 수 있는 상태라고 할 수 있겠네요."

"네? 오히려 오래된 물건이 남아 있다고요……?"

우윤아의 입장에서는 그게 무슨 말인지 통 알아들을 수가 없을 수밖에 없었다.

나는 가만히 입을 열었다.

"우윤아 헌터, 지금 우리가 279개 이상의 열쇠를 모아서 주는 건 불가능합니다."

당장 한국을 다 뒤져도 10개도 모으기 어려울 것이다.

중국? 별반 다르지 않을 거다.

땅덩어리가 넓고 헌터들도 많으니 우리보다 더 많이 보유하고 있으리라고 예상해 볼 수도 있다.

앞서 풍요의 도리깨를 개조하여 양산하기 위해서 도움을 받았던 그때처럼 말이다.

하지만 조금만 더 생각해 보면, 이번에는 경우가 다르다는 사실을 짐작할 수 있었다.

'그때는 제작 재료니까 물량이 충분했던 거였어.'

하지만 코그니시앙 일족의 '열쇠'는 재료가 아니었다.

게이트 바깥의 헌터들에게는 그저 쓸모없는 수집품 따위에 가까운 아티팩트.

장담컨대 당장 전 세계를 다 뒤져도 100개도 안 나올 물건이었다.

그러므로 지금 시점에서 코그니시앙 일족에게 열쇠를 건네주고 우선순위를 가져오기는 사실상 불가능하다는 것이 나의 결론이었다.

데라쉬가 히죽 웃었다.

"후후후, 상당한 물량이기는 하지요. 이사장은 지난 10년 동안 저에게 열쇠를 상납했으니 말입니다. 덕분에 저는 그와 다른 계외자들보다 훨씬 끈끈한 동맹 관계를 유지하는 중입니다."

계외자들.

신인류 조직이 선을 대고 있는 타계의 존재들.

백작이 악마계를 뒷배로 삼았던 것처럼, 이사장은 코그니
시앙 일족을 업고 있었던 것이다.

'그래, 결국에는 처단해야 할 상대지.'

나는 말없이 고개를 돌려 우윤아를 바라보았다.

"……."

동시에 짧은 메시지를 보냈다.

─이 자리에서 데라쉬와 전투가 시작될 수도 있으니까 대비하십시오.

그러자 눈동자가 살짝 흔들렸다.

어쩌면 우윤아는 당장 이곳에서 전투를 벌이고 싶지 않을
지도 모른다.

하지만 나는 처음부터 전투의 가능성을 염두에 두고 있었
다.

데라쉬가 조용히 웃었다.

"아무래도 지금 수종께서는 열쇠를 가지고 계시지 않은 모
양이군요. 시간을 좀 드릴까요?"

시간이라…….

"굳이 필요하지 않을 것 같은데?"

내가 딱딱하게 대꾸하자 데라쉬의 표정도 살짝 굳어졌다.

서서히 긴장감이 더해지는 것이다.

"흐음, 그러시다면야 두 번째 옵션으로 넘어가야겠군요."

가만히 눈동자를 굴리던 놈은 새로운 제안 하나를 내놓았다.

"조만간 태평양 어딘가에서 또 하나의 차원 통로가 열릴 겁니다."

바로 새로운 차원 통로에 대한 이야기.

아마도 이게 본론에 가까운 듯했다.

"무척 전투적인 종족이 넘어올 것이고, 개설 장소는 여러분이 지내고 있는 그 반도와 그리 멀지 않은 곳입니다. 아마 반나절 이내에 도달할 수 있을걸요."

"……."

"아 참, 당신께서 카르테시오라를 격퇴했다는 소식은 알고 있습니다. 하지만 저는 장담할 수 있습니다. 이번에 나타날 놈들이 카르테시오라보다 몇 배는 더 지독한 놈들이라는 것을 말입니다. 이것들은 통제 자체가 어려운 종입니다. 이 세계 전체에서 살육과 겁간이 난무할 겁니다."

……명백한 협박.

[알림 : 특성 '야성'이 반응하고 있습니다.]

-그래! 이건 못 참지이이!

해청의 고함과 함께 나는 실실 웃고 있는 데라쉬를 향해서 야성을 일으켰다.

　　[권능 : '어린 수왕의 발톱'.]

　수왕의 발톱은 재규어의 것과는 다르다.
　순간적으로 세비지 에너지를 모조리 욱여넣어서 시도하는 일격필살이며, 상대가 어떤 방어막을 두르고 있더라도 뚫고 들어가는 강공이었다.
　하지만 데라쉬는 조금 달랐다.

　　[스킬 : '실드 오브 골드'.]

　놈이 손바닥을 펼치자 황금빛으로 번쩍이는 방패가 등장하며 앞을 가로막았다.
　그리고 놀랍게도 내가 쏟아부은 충격량의 대부분을 흡수하는 것에 성공했다.
　아, 물론 100%는 아니었다.
　푸우욱—!
　마지막 순간에 방패가 뚫렸다.
　그러자 코그니시앙 일족 특유의 진득한 진홍색 체액이 분수처럼 튀었다.
　목을 노린 내 공격은 황금의 방패에 막히고 굴절되면서도,

기어코 파고 들어가 데라쉬의 어깨를 찢어 놓았다.

"하……."

상처를 움켜쥐며 물러난 데라쉬는 어이가 없다는 듯이 너털웃음을 짓고 있었다.

"이거 돈으로 막은 건데…… 그걸 뚫고 들어오셨군요. 역시 무섭습니다. 하하하."

실드 오브 골드는 소지하고 있는 금전을 순간적으로 방어력으로 치환하여 사용하는 독특한 기술이다.

정보의 일족 중에서도 최상위 개체들만이 사용할 수 있는 사기적인 방어 스킬.

하지만 이는 바꿔 말하자면 싸울수록 돈을 잃게 된다는 뜻이기도 했다.

'무한정 쓸 수 있는 스킬은 아니라는 뜻이지.'

내 세비지 에너지는 바닥을 쳤지만 마력은 여전히 남아 있었다.

그리고 지금의 나는 최고의 후방 지원과 함께하고 있었다.

"받아요. 그대로 흡수할 수 있을 거예요."

우윤아가 내 등을 가만히 짚은 순간, 아찔한 현기증이 나를 덮쳤다.

화아아아아아아악!

찰나의 시간이 다시 수천 갈래로 쪼개지며 몸속으로 밀려드는 듯했다.

그것은 어떤 말로도 형용하기 어려운 신비였다.

등에 닿은 우윤아의 손바닥은 나에게 하나의 파이프라인이 되어, 끊이지 않는 마력을 공급해 주었다.

그야말로 무한대의 마력.

나는 더없이 완벽한 충만감을 느끼며 힘을 끌어 올렸다.

이사장이 손잡은 코그시니앙 일족에 이놈 하나만 있는 것은 아니겠지만…….

"네놈이 머리통이 돌아가고 싶어서 날 여기까지 불러낸 같은데…… 기왕 온 것, 기대에 보답해 주지."

이번에는 마법이다. 지금은 마력 걱정을 할 필요가 없으니 효율 따위 생각할 필요 없이 대형 마법을 쏟아 낼 수 있다.

−실드 오브 골드? 그럼 넌 알거지가 되는 거야, 인마!

그런데 이상하게도 데라쉬는 느긋했다.

"수종이시여, 저는 당신께 기회 하나를 드리려고 하는 겁니다. 싸우자는 게 아니라요. 당신은 이 세계를 구해야 하지 않습니까?"

여전히 느물거리는 태도로 나를 도발하고 있었다.

뭘 믿는 거지?

'……일단 때려 붓고 보자.'

　　[스킬 : '밀리언 스톰'.]

————!

소리도 없이 사방에서 전자기파의 폭풍이 몰아닥쳤다.

시공간을 후려쳐서 모조리 파편으로 으깨어 버리는 것처럼 찢기고 갈라지기가 반복되고 있었다.

내가 펼쳐 낸 마법은 이 세상의 결을 고스란히 뜯어 내는 야만적인 폭력이었다.

[알림 : 칭호 '워 메이지'가 복구됩니다!]

분명 전쟁 마법사라는 칭호에 걸맞은 위력적인 공격 마법이다.

하지만…….

"저는 당신의 피를 사고 싶습니다."

놈은 아무렇지도 않게 폭풍 속에서 싱글싱글 웃고 있었다.

"저에게 한 방울씩 파십시오. 그러면 그 차원 통로에 대해 하나씩 알려 드리겠습니다. 시간, 장소, 출현하는 종, 규모, 공략법까지."

"……."

자세히 보니 데라쉬는 그 열쇠를 쥐고 있었다.

코그시니앙 일족의 열쇠를 마치 우산 손잡이처럼 위로 향하도록 들고 있었던 것이다.

나는 무슨 일이 벌어지고 있는 것인지 깨달았다.

'다른 공간으로 이어지는 틈을 방패처럼 두르고 있군. 차원 간의 공허를 이용하고 있는 거야.'

그 덕분에 내가 펼치는 이 거대한 공격 마법을 근원적으로 무시할 수 있었던 것이다.

"어떻습니까?"

"내 피와 그 정보를 교환하는 식으로 거래하고 싶다?"

"꽤 괜찮은 거래 아닙니까? 다섯 방울만 넘겨주시면 어떤 상황이든 대처하실 수 있을 겁니다."

놈은 헛웃음이 나올 정도로 의기양양했다.

정말 날 등쳐먹을 수 있다고 생각하는 모양이다.

하지만 데라쉬의 속내는 훤히 보였다.

-주인! 호갱님의 쓴맛을 보여 주자!

'마땅히 그래야지.'

나는 마법을 거두지 않은 채로 신성을 전개했다.

그러자 사방에 전개된 스파크의 포위망이 서서히 응축하며 데라쉬의 목을 조르기 시작했다.

"……!"

놈이 펼친 공허의 보호막이 거짓말처럼 흩어지고 있었던 것이다.

데라쉬의 눈동자가 요동쳤다.

놀람과 두려움, 희열과 호기심이 뒤섞인 표정.

"이, 이건 뭡니까? 무슨 기술이지요? 어떻게 열쇠의 금고 공간을 파훼하는 겁니까? 이런 데이터는 없었는데……?"

역시나 열쇠를 이용하는 공간 기술.

나는 신성의 소유자로서 그 전개 과정에 개입할 수 있었다.

방식은 상당히 다르지만 코그니시앙 일족의 열쇠 또한 공간과 공간을 잇는 연결 기술의 매개체이면서.

근본적으로는 그 EX급 게이트, 아무것도 보이지 않는 무지성의 동굴에 귀속되어 있는 아티팩트였기에…….

'나는 이런 식의 비정상적인 용법에도 개입할 수 있다.'

지금 데라쉬가 열쇠를 사용하고 있는 방법은 정상적인 사용 방법이 아니었다.

코그니시앙 일족의 열쇠는 그들의 고유한 금고 공간을 여는 용도로 만들어진 아티팩트.

'데라쉬는 교차 공간이 열리는 과정 속에 의도적으로 노이즈를 끼워 넣어서 오류를 만들었다.'

그렇게 무저갱의 일부를 열어 충격량을 받아 내고 있었다.

한마디로 교활한 편법.

하지만 나는 신성을 이용하여 그 상황을 뒤집어 놓았다.

번개의 폭풍으로 데라쉬의 머리통을 튀기기 시작한 것이다.

밀리언 스톰은 이 근방을 모조리 뒤덮을 만큼 거대한 규모였기에 달리 도망갈 곳도 없는 상황이었다.

하지만 놈은 광소를 터트렸다.

"크하하하하하! 으하하하하하!"

-뭐, 뭐야? 미친 건가?

"······."

나는 우윤아로부터 마력을 계속해서 공급받고 있었기에
마법을 아낄 필요가 없었다.

데라쉬가 계속 허세를 부린다면 그 허세력이 바닥날 때까
지 튀겨 줄 작정이었다.

그런데 그때.

"수종이시여! 그럼 이건 어떻습니까? 장세현을 넘겨드리
지요!"

"······뭐?"

"장세현 말입니다! 당신을 따라서 야수계로 넘어가려고
했던 장세현······! 그 여자를 돌려드리겠습니다. 이건 어떻
습니까?"

장세현.

그 제안에는 나도 마법을 거둘 수밖에 없었다.

"······."

"휘유우, 하마터면 머리통이 다 익어 버릴 뻔했네요. 정말
아슬아슬했어요! 그나저나 세계 평화보다 여자가 중요합니
까? 당신 참 재밌군요, 수종이시여! 과연 짐승의 왕!"

다시 낄낄거리며 주둥이를 나불거리는 데라쉬.

아, 도저히 못 참겠다.

[스킬 : '화섬권'.]

내가 주먹을 휘두르자, 마치 북이 터지는 듯한 굉음과 함께 놈이 뒤로 튕겨 나갔다.

"푸어억!"

전혀 예상하지 못한 일격이었는지 데라쉬는 그것을 고스란히 직격당해 박살 난 아래턱으로 피를 콸콸 토해 냈다.

당장 숨이 끊어지지는 않겠지만, 한 발짝 정도는 저승 쪽에 걸쳤다고 할 수 있을 것이다.

"적당히 나불거려야지."

나는 내가 언제든지 놈을 쥐어짜서 터트릴 수 있음을 보여 주었다.

그런데도 데라쉬는 실실 웃고 있었다.

"크흐흐, 예. 제 말이 좀 심했나요? 그렇다면 사과드리겠습니다. 하지만 덕분에 더 구미가 당기네요."

구미가 당긴다고?

"그렇게 구미만 당기다가 나한테 한 번 더 대가리가 터질 수 있다는 생각은 쥐뿔만큼도 하지 않는 거냐?"

"아, 물론 그럴 수도 있겠죠. 당신은 정말 강하니까요. 하지만 방금 저를 살려 두었죠. 그만큼 제가 괜찮은 대가를 쥐고 있다는 것을 확인했습니다. 그러니 죽을 일은 없는 것 아니겠습니까? 하하하하!"

정말이지 미쳐 버린 정보 판매상 그 자체였다.

'이코는 비교도 할 수 없겠는데.'

그리고 데라쉬 놈이 나에게 내놓은 제안은 정말로 이상한 것이었다.

"자, 딱 네 방울만 받겠습니다. 그럼 차원 통로에 대한 정보에 더해서 장세현까지 내드리지요."

서비스라는 건가.

아니면 1+1이라는 건가.

"하, 이거 정말 밑지는 건데! 방금 보여 주신 그 능력 때문에 어쩔 수가 없네요! 당신에 대해 꼭 알아야겠거든요! 흐흐흐흐!"

내가 펼쳐 보인 신성 능력 덕분에 피의 가치가 더욱 올라갔다는 이야기였다.

'역시 세현이는 신인류 쪽으로 붙은 건가.'

잠깐이나마 나에게 돌아올 것처럼 보였던 그 녀석은 끝내 돌아오지 않았다.

무슨 이유에선지 신인류 조직에 가담한 상황.

"아, 따로 거래할 수도 있습니다. 만약 장세현만 가져가시겠다면 세 방울만 받겠습니다. 이것도 꽤 괜찮은 조건이지요?"

"……."

피를 닦아 내고 열쇠를 집어넣은 데라쉬는 섬뜩하게 웃었다.

슬쩍 고개를 돌려보니 우윤아가 걱정스러운 표정을 짓고 있는 것이 보였다.

그녀의 메시지가 들려왔다.

−당신의 피에 집착하는 게 너무 불길해요. 그걸로 뭘 할지 모르잖아요?

데라쉬가 내 피를 이용해서 할 일?

사실, 나는 이미 알고 있다.

뻔하다면 뻔한 건데.

−아마 피를 가져가 클론들을 만들어서 나타날 겁니다.

−클론……? 설마, 당신의 복제품들 말인가요?

−네.

−세상에!

일전에 시베리아에서 이사장과 맞붙었을 때.

놈은 코그시니앙 일족의 혈액을 나에게 뒤집어씌우며 내 생체 정보를 강탈하려 시도했다.

물론 그 노력은 허사로 돌아갔다.

도리어 나에게 옛 기억을 떠올리게 해 주었고, 그 EX급 게이트의 마지막 부분에 준비되어 있던 특별한 몬스터들에 대해 생각하도록 도와주었다.

'무지성 동굴의 마지막 파트.'

그 부분에서는 입장한 헌터의 모습과 능력을 그대로 카피한 클론들이 다수 등장한다.

즉, 자기 자신과의 싸움.

그것이 바로 무지성 동굴에 도사리고 있는 코그니시앙 일족이 주는 마지막 히든 미션이었다.

-주인. 혹시 그거, 장비까지……?

'당연하지.'

-으악! 어떻게 그럴 수가! 나의 유일무이함을 훼손시킬 수 있다니!

'어차피 복제품일 뿐이야.'

그럼에도 해청은 충격에 빠진 상태였고, 우윤아는 이해가 가지 않는다는 기색이었다.

-어떻게 그런 일이 가능한 거죠? 고작 피 한 방울인데. DNA를 이용해서 복제하는 건 당연히 아닐 테고, 마법을 이용해서 헌터를 복제할 수 있다는 말씀인가요? 제 상식으로는 도저히 이해가 되지 않아요.

상식이 통용되지 않게 된 지는 좀 오래된 것 같은데.

-저도 솔직히 정확히는 모르겠지만…….

그래도 어느 정도 예측을 해 볼 수는 있다.

'게이트는 헌터와 몬스터의 존재를 독립적으로 인지하고 통제할 수 있다. 그러니까 그 중간의 존재를 만들어 낼 수도 있겠지.'

어차피 헌터와 몬스터는 고작 한 끗 차이에 불과하다.

애초에 두 존재 사이에 존재하는 자격과 사명이라는 차이마저도 '영원'의 게이트 시스템이 멋대로 정한 일방적인 규칙이었다.

"……."

"하하, 고민이 깊으신 모양이군요. 천천히 생각하십시오. 불멸에 가까운 저희 종족에게 시간은 큰 의미가 없으니까요."

다시 히히 웃음을 짓는 데라쉬.

'어떡한다?'

히든 미션은 출혈량에 비례해서 규모가 커지는 방식이었으니, 한 방울을 받아 갈 때마다 클론이 하나씩 늘어난다고 봐야했다.

그러므로 놈이 달라는 대로 피를 내준다면 총 4기의 클론이 만들어질 테니, 돌아오는 것은 재앙 그 자체였다.

나와 똑같은 외양을 가지고 비슷한 위력을 내는 인간형 몬스터들이 세계를 휘젓기 시작하면 그땐 걷잡을 수 없다.

그러나 협상은 의미가 없는 상황.

'결국은 직접 해결해야 한다.'

……놈을 속여 넘기는 것밖에는 답이 없었다.

나는 두 가지의 권능을 동시에 전개하며 입을 열었다.

[권능 : '천국나비의 환술'.]

[권능 : '흡혈뱀의 기생충'.]

"좋아. 피를 팔지. 그럼 장세현과 차원 통로에 대한 정보
는 언제 인계받을 수 있지?"

"흐흐, 재밌군."
인간 헌터들이 돌아가고 난 뒤, 데라쉬는 낄낄거리며 오늘
의 수확물을 바라보았다.
작은 유리병 속에 담긴 최원호의 피.
하지만 제대로 된 물건은 아니었다.
데라쉬는 최원호의 기술이 시작된 순간부터 그것을 알아
차렸다.
"환각 기술로 내 눈을 가리고 혈액 안에 뭘 숨기는 것 같
던데……."
과연 뭐였을까?
"……뭐, 상관없지."
그는 유리병을 흔들며 킥킥 웃었다.
정말로 상관이 없기 때문이었다.
어차피 코그니시앙 일족의 복제 기술이 실행되면 어떤 불
순물이든 완벽하게 걸러 낼 수 있으리라.

상대가 혈액에 뭘 섞었든 복제 작업에 지장을 주는 것은 불가능하다.

데라쉬는 그렇게 확신할 수 있었다.

확보한 혈액을 이용하여 완성된 4기의 클론은 지구 세계의 전쟁을 승리로 이끌 것이다.

'이제 우리가 순수 인간계를 점령하기만 하면 모든 것이 끝난다. 그러면 나머지 차원들은 전부 초기화할……'

상공에서 새로운 존재가 튀어나온 것은 바로 그때였다.

"데라쉬! 지금 뭐 하는 거요? '원탁'에 보고할 시간이 되었잖소!"

원탁.

지구에 기거하기로 결정한 계외자들의 집합체.

데라쉬에게 나타난 존재는 원탁의 구성원들이 부리는 하수인이었다.

지구의 1인자 헌터인 존 메이든을 섭외한 뒤로 콧대가 하늘을 찌르고 있는 놈이기도 했다.

"서두르시오. 원탁이 기다리고 있소. 더 늦으면 코그니시앙 일족의 총재도 좋아하지 않을 거요."

"……쯧."

서슬 퍼런 경고를 남긴 하수인은 휙 사라져 버렸고, 데라쉬는 말없이 입술을 비틀었다.

'건방진 자들아, 그 차원 서열이 언제까지 유지되는지 두

고 보자꾸나.'

그는 최원호의 혈액을 갈무리한 뒤, 내내 등지고 있던 게이트로 사라졌다.

그러자 게이트는 스스로 문을 닫으며 시스템 메시지를 띄웠다.

　[알림 : 차원 간 연결이 종료되었습니다.]
　[안내 : 시간 지연이 복구됩니다.]

한반도로 돌아온 최원호는 곧바로 클로저스 연합의 간부들을 전부 소집했다.

이제는 하나의 세력으로 규합된 각급 클랜 마스터들.

그들은 일본 열도에서 몬스터들을 몰아내기 위해 총공세를 준비했고, 이제 각 부대가 모두 진출만 기다리고 있던 참이었다.

"저희, 오늘 왜 호출된 겁니까……?"

그러니 회의보다는 전투 준비에 열을 올려야 할 시간.

"얼핏 듣자니 아주 중요한 전달 사항이 있다고 하시던데?"

"중요한 전달 사항이라……? 뭐지?"

"글쎄요. 그렇다면 연합장님께서 열도 수복 전쟁을 잠시 미뤄 둘 정도로 중요한 사안이라는 건데, 그런 게 뭐가 있을까요?"

"헌드레드 헌터는 뭐 아는 거 없으신가? 명색이 클로저스 클랜의 세컨드 헌터잖소?"

"저도 갑자기 연락을 받았습니다. 딱히 짚이는 게 없네요."

"그래⋯⋯?"

"이거 더더욱 궁금해지는군."

클랜 마스터들은 의문과 호기심 속에서 최원호가 나타나기만을 기다리고 있었다.

그러나 뭔가를 미리 알고 동요하고 있는 사람도 있었다.

"⋯⋯."

바로 한겨울.

이제는 몇 사람 남지 않은 무진 그룹을 대표하여 클랜 마스터들 사이에 끼어 있던 소녀의 눈동자가 불안하게 흔들리고 있었다.

그때 한겨울의 어깨를 가볍게 누르는 손길이 있었다.

"겨울아, 괜찮니?"

"봄향 헌터님⋯⋯."

정석진이 전사한 이후, 봄향은 이스케이프 클랜으로 복귀하여 임시 클랜 마스터 직을 맡았다.

정석진이 무척이나 아끼던 제자였고 클로저스 연합에서도

최원호의 측근이자 중책을 맡았던 대형 헌터였기에 큰 반발은 없었다.

그리고 스승을 잃은 뒤로 봄향은 한 단계 성장했다.

통찰 특성을 가지지 못했음에도 불구하고, 모든 것을 꿰뚫어 보는 듯한 눈빛이 그 증거였다.

"저, 헌터님."

"뭔진 모르겠지만 아무래도 '그분'에 관해 이야기가 나올 모양이지?"

"……!"

봄향의 말에 한겨울의 눈동자가 다시 한번 흔들렸다.

그럴 수밖에 없었다.

그녀는 정확히 정곡을 찔렀다.

백두산에서 정석진과 맞바꾸다시피 하여 구출한 한성우.

최원호는 그에 관해 발표할 것이 있다고 한겨울에게 미리 언급했다.

발표 내용은 최원호의 등장과 함께 실체를 드러냈다.

"안녕하십니까, 마스터 여러분. 기쁜 소식을 전해 드리게 됐습니다. 올노운 헌터가 부활하여 전선으로 복귀했습니다. 이 시간부로 저는 그에게 클로저스 연합의 전투 지휘권을 맡길 생각입니다."

신인류의 준동 이후, '언노운'을 자처하며 헌터계에서 모습을 감추었던 한성우.

그를 다시 '올노운'으로 되돌려 놓는 것이었다.

올노운의 복귀과 지휘권 이양.

최원호의 폭탄선언에 클랜 마스터들의 반응은 각양각색이 되었다.

"아니, 갑자기 무슨 말씀이십니까?"

"방금 제가 뭔가 잘못 들은 것 같은데."

"올노운? 지금 올노운이라고 하셨습니까? 대체 무슨?"

최원호의 말에 귀를 의심하는 이들.

"역시! 올노운 마스터는 살아 계셨어!"

"그럼 무진 그룹의 부활인가!"

"그럴 줄 알았습니다! 전 믿고 있었단 말입니다! 근데 왜 이제야 복귀하시는 거랍니까?"

그리고 올노운의 사망 소식 자체를 의심하다가 비로소 진상을 알고 환호하는 이들.

"……."

"……."

마지막으로 한성우의 존재에 대해 알고 있었으며, 그를 구출하는 과정에서 정석진의 죽음이라는 거대한 손실이 있었다는 사실까지 알고 있었던 헌터들까지.

봄향, 한겨울, 채윤기, 이규란 등은 말없이 서로 시선을 교환하며 입을 다물고 있었다.

최원호는 애써 담담한 얼굴을 가장하며 말을 이었다.

"자세한 내용은 올노운 헌터가 직접 말씀하실 겁니다."

그러자 모두의 시선이 움직였다.

회의장의 출입구에 그가 서 있었다.

조금 수척해진 얼굴의 한성우.

"오랜만입니다. 올노운입니다."

검객답지 않게 칼을 차지 않고 빈손으로 나타난 남자는 고개를 숙여 가볍게 인사한 뒤 모두의 시선을 받아 내며 앞으로 나아갔다.

저벅, 저벅.

"……."

그의 어두운 표정과 착 가라앉은 눈빛을 본 간부들은 무어라 입을 열지 못한 채 서로 눈치만 살피고 있었다.

그리고 최원호의 옆에 선 한성우의 시선이 스르륵 움직였다.

다시는 만나지 못할 수도 있다고 생각했던 딸의 모습을 아주 잠시나마 눈에 담아 두는 것이었다.

한겨울 또한 당장이라도 울음이 터질 것 같은 표정으로 자신을 바라보고 있었다.

딸에게 아주 작게 고개를 끄덕이는 것으로 인사를 대신한 한성우는 클랜 마스터들을 향해 시선을 옮기며 입을 열었다.

할 말이 많은 자리였다.

"최원호 연합장님께서 말씀하신 것처럼, 저는 지금 이 시간부로 클로저스 연합의 사령관으로서 일본 열도의 수복 전쟁을 지휘할 것입니다. 그리고 쿠릴 열도와 오호츠크해까지 진격하겠습니다."

그러나 이는 시작에 불과하다.

"……당연한 말이지만, 제 목표는 존 메이든입니다. 우리 세계를 전쟁터로 만든 그놈을 쓰러뜨릴 겁니다."

이제 그의 눈동자 속에는 어떠한 감정도 엿보이지 않았다.

오로지 단호한 의지와 처절한 사명감만이 번쩍이고 있었다.

[영웅일보] 〈1보〉 "올노운이 살아 있었다" ……클로저스 총사령관으로 복귀.

[더 게이트] '돌아온 전설' 올노운 헌터, "반드시 신인류를 몰아낼 것."

[헌터 포커스] 올노운 생환 소식에 시민들 환호…… "새로운 희망"

클로저스 연합의 총사령관이 되어 다시 전쟁터로 뛰어드는 것.

한성우 본인이 나에게 요청한 일이었다.

아마도 그것이 속죄의 길이라고 여기는 듯했다.

내가 거부했다면 무슨 일이든 하려 했을 것이다.

'정석진 마스터의 죽음을 제 탓이라고 생각하고 있으니까.'

아주 틀린 말은 아니었다.

그렇기에 의식을 회복한 한성우는 한겨울에게 곧바로 돌아가지 않고 중앙아시아로 향했다.

새로운 페이즈의 시작과 함께 대규모의 차원 역류가 발생한 키르기스스탄 일대.

그곳에서 공략전을 벌이고 있는 레이황과 카라바크를 찾아가, 자신이 레벨 업을 할 수 있게 도와달라고 요청했다.

2페이즈가 시작되면서 레벨 경쟁에서 뒤쳐진 상황을 최대한 빠르게 만회하겠다는 담대하고도 위험한 계획이었다.

그리고 한성우는 성공을 거두었다.

2페이즈 덕분에 레벨 업이 다시 가속되긴 했어도, 고작 한 달 남짓에 불과한 시간이었는데.

'벌써 140레벨까지 도달하다니. 이건 정말 잠자는 시간까지 아끼면서 자기 자신을 몰아붙인 거야.'

말 그대로 극한까지 스스로를 밀어붙인 결과였다.

물론 헌터의 강함이 레벨에 정비례하는 것은 아니다.

그리고 몬스터들의 상성과 상황의 특수성까지 고려한다면, 한성우의 성장세를 곧이곧대로 받아들이는 것은 위험했다.

내 기준에서는 130 중반 정도의 화력이라고 계산하는 것이 정확할 것이다.

그러니까 나보다 20레벨은 아래인 상황.

그럼에도 불구하고 한성우에게 총사령관 자리를 내준 데에는 나름의 이유가 있었다.

"……마스터, 김자형 헌터와 아이언팩토리 헌터들이 움직이려는 정황을 포착했습니다. 근시일 내에 배를 수배해서 필리핀으로 가려는 것 같습니다."

슬슬 내 감시망을 피해 다른 끈을 잡으려고 용을 쓰고 있는 첩자를 잡기 위해서였다.

마치 신인류 조사단의 특무조장이었던 그때처럼, 나는 전면전은 올노운에게 맡겨 두고 따로 움직일 계획을 세우고 있었다.

"울산에서 필리핀으로 간다고? 그럼 며칠이나 걸리지?"

"비행기로는 3시간 정도 걸리는 거리입니다만, 배편을 이용한다면 3일은 걸릴 겁니다. 가장 빠른 쾌속선을 이용하더라도요."

"흠, 일단 계속 감시해. 그리고 놈들이 출발하면 우리도 곧바로 움직인다."

"알겠습니다."

나는 꽤 오랜만에 관악산의 클랜하우스로 돌아와 있었다.

김자형의 상황에 대해서 나에게 보고를 마친 헌드레드가 조심스럽게 입을 열었다.

"……저, 마스터."

"응? 왜?"

"뭐라도 한 잔 드릴까요?"

"한 잔? 무슨 말이지?"

"그냥 뭐 따뜻한 우유나, 위스키나, 막걸리나…… 아무튼 마실 거리 말입니다."

"……?"

이게 갑자기 뭔 소리지?

내 표정에서 의문이 드러났는지 헌드레드는 쓴웃음을 지었다.

"지금 입술이 다 트셨습니다. 눈밑도 퀭하시고요. 언제 식사를 제대로 하신 겁니까? 잠은 잘 주무십니까?"

"글쎄."

내가 언제 마지막으로 잤더라?

솔직히 말하자면 제정신을 유지하기가 쉽지 않은 상황이다.

가까웠던 이가 죽었고, 혈육은 미지의 세계로 떠났다.

모두가 나를 바라보고 있었으니 약한 모습을 보이는 것은 스스로도 허락할 수가 없었다.

사실 이렇게 앉아서 시간을 보내는 것이 꽤 괴로웠다.

"좀 피곤하긴 해도 잠이 오는 느낌은 아니야. 며칠째 그랬어.”

“저흰 그걸 불면증이라고 부르기로 했습니다.”

“……그런가.”

“수면 마법이 걸린 위스키를 한 잔 가져다드리겠습니다. 좀 주무시죠. 그러다가 몸 상하십니다.”

물론 몸이 상할 일 따위는 없다.

나는 이미 인간의 한계를 아득히 뛰어넘은 초인이고, 마력을 일순하기만 하면 몸의 컨디션은 금세 올라온다.

당장 존 메이든이 나타나더라도 전력을 끌어내어 싸울 수 있을 것이다.

하지만 그냥 가만히 고개를 끄덕이기로 했다.

“그래, 고마워. 부탁하지.”

“별말씀을요.”

나를 챙겨 주겠다고 나서는 헌드레드의 마음씀씀이가 고마워서라도 고분고분하게 따를 생각이었다.

가져다준 술을 입에 대자, 묘한 온기가 어깨를 꾹 누르는 느낌이었다.

그렇게 나는 정신없이 잠에 빠져들었다.

데라쉬가 약속했던 ‘그것’이 이제 곧 도착하리라는 것을 알면서도, 몰려드는 수마를 도저히 참을 수가 없었다.

“…….”

"어때? 효과가 있었냐?"

"다행히 금방 잠드셨습니다."

"그래, 잘했다. 위태로워 보여서 걱정이었는데, 조금이라도 자게 해야지."

"예…… 그렇죠."

최원호의 집무실에서 나온 헌드레드는 워해머와 이야기하고 있었다.

그는 울산에 숨어 있는 김자형 일당을 추적하고, 열도 공략전을 준비하면서도 최원호의 상태를 면밀히 살피는 듯했다.

최근 최원호의 상태가 급격히 안 좋아지고 있다는 것을 알아차린 사람도 워해머였다.

여러 업무로 바쁜 상황에서도, 자신의 아버지는 마치 어미 새처럼 최원호를 주시하고 있었던 것이다.

'가만 보면 나보다 마스터를 더 아끼시는 것 같단 말이지.'

아들로서 질투가 생길 정도였다.

하지만 입 밖으로 낸 적은 없었다.

헌드레드의 아버지인 워해머는 거의 평생을 홀로 살아왔고, 워낙 말이 없고 숫기가 없는 사람이었기에 그렇게라도 감정 표현을 한다는 것이 그저 신기하게만 느껴졌다.

"아버지, 솔직히 저랑 최원호 마스터가 함께 물에 빠지고 딱 한 사람만 구할 수 있다면…….”

“물론 널 구할 것이다. 어차피 최원호 마스터는 수영과 잠수를 완벽하게 하는 인간이니 물에 빠지더라도 걱정할 필요가 없지만…… 너는 아니지 않느냐. 그러니까 널 구하는 쪽이 맞는 거지.”

“거참 이성적이시네요.”

“헌터의 마땅한 덕목이다.”

“…….”

기다리던 소식이 전해진 것은 바로 그때였다.

“헌드레드 헌터님! 저희 출입문을 향해서 시커먼 밴이 하나 다가오고 있습니다! 차량 전면에 금빛의 열쇠가 그려져 있다고 합니다!”

그 말에 헌드레드가 몸을 일으켰다.

“드디어 도착한 것 같네요. 헌터님은 가서 경재현 팀장님을 불러 주세요. 아버지도 같이 내려가실 겁니까?”

“……그래. 같이 가 보자.”

방금 잠든 최원호를 잠시 그대로 두기로 결정한 헌드레드는 신속하게 움직였다.

워해머는 그런 아들의 뒤를 따라서 1층 로비로 향했다.

금빛 열쇠는 코그시니앙 일족의 상징.

검정색 밴이 놓고 떠난 것은 최원호에게 약속했던 거래 물품이었다.

"끄으……."

의자에 칭칭 묶인 가냘픈 체구의 여헌터 한 사람과 머잖아 개설될 차원 통로에 대해 상세하게 서술한 책자.

"이, 일단 재갈부터 풀겠습니다!"

"사람을 무슨 짐짝처럼 놓고 가다니."

"잠깐!"

헌드레드의 외침에 의자에 묶인 장세현을 향해 다가가던 클로저스 클랜원들이 멈춰 섰다.

헌드레드는 마력을 끌어 올리며 조심스럽게 걸음을 옮겼다.

"마스터의 오랜 친구라고 하지만, 이 사람은 테러리스트 집단의 총수였습니다. 마스터와 한채미 헌터의 만류에도 불구하고 신인류에 가담했던 사람이기도 하고요. 어쩌면 위험할 수도 있습니다."

"아……."

"그렇군요. 충분히 그럴 수 있겠습니다."

클로저스 클랜원들은 포위진을 만들어 장세현을 에워쌌다.

그리고 서서히 접근하여 만약의 사태에 대응할 수 있도록 마법 방어막을 두르기까지 했다.

그때 불쑥 나선 것은 워해머였다.

"아들, 그럴 필요 없다. 지금 이 아이는 그리 위험한 존재가 아니야."

"예? 어어, 아버지! 아버지이!"

헌드레드의 만류에도 불구하고, 워해머는 터벅터벅 걸어가서 장세현의 턱을 가볍게 붙잡았다.

입에 재갈을 문 채로 눈을 감고 있는 소녀는 마치 죽은 사람처럼 안색이 창백했다.

워해머가 재갈을 떼어 냈지만 장세현은 여전히 눈을 뜨지 못했다.

"……."

"아, 기절한 상태입니까? 근데…… 잠깐, 잠깐만요. 제가 예전에 봤을 때랑 뭔가 느낌이 다른데요? 그때는 훨씬 더……."

"어른스러웠겠지."

"어, 맞아요! 왠지 엄청 어려진 것 같은데요? 뭐지? 얼굴이 좀 부어서 그렇게 보이나? 이 모습보다 훨씬 나이를 먹었던 느낌이었는데?"

다가온 헌드레드는 고개를 갸웃거리고 있었고, 워해머는 말없이 몸을 일으켰다.

그리고 눈을 돌려서 최원호의 집무실이 있는 상층부를 가만히 바라보았다.

중년의 건조한 목소리가 유난히 낮아졌다.

"일단 세현이의 결박을 풀고, 최원호 마스터의 집무실로 바로 옮겨 두는 편이 좋겠다."

"예? 바로요? 그래도 괜찮을까요?"

"괜찮아. 위험하지 않을 거다. 이 시간대의 세현이라면 말이야."

"……?"

중년의 워해머가 어린 장세현을 지나치게 친근하게 호명하고 있다는 것을, 헌터들은 뒤늦게 깨닫고 어리둥절한 표정이 될 수밖에 없었다.

'꿈이었나? 아쉽네.'

잠에서 깬 최원호는 멍하니 생각했다.

오랜만에 꾼 꿈속에서 영하 누나를 보았다.

어찌된 일인지 하얀 날개를 단 그녀는 평화롭게 웃고 있었다.

그 모습이 너무나 아름다워서 감히 말을 걸 수도 없을 정도였다.

그래서 멍하니 바라만 보다가 잠에서 깨고 말았다.

"후……."

가벼운 한숨을 내쉬며 머리를 쓸어 넘긴 최원호.

하지만 그는 앞으로 해야 할 일에 대해 생각하고 있었다.

그리 순탄한 상황은 아니었으나, 44년이라는 긴 세월 동안 수인들의 왕으로 군림하며 다져 온 강인한 정신력은 절망이나 회의감이 스며드는 것 자체를 허락하지 않았다.

'반드시 끝을 봐야 돼.'

야수계와 마찬가지로 이 세계에서도 게이트 사태를 끝장내야만 했다.

"그게 내가 이곳으로 돌아온 이유지."

혼잣말을 가만히 중얼거린 최원호는 마음을 다잡으며 자리에서 몸을 일으켰다.

태평양에 열릴 새로운 차원 통로와 신인류의 간부들에 대한 생각들로 머릿속이 채워지던 그 순간.

"음?"

그는 뭔가를 발견하고 발걸음을 멈췄다.

클랜 마스터의 집무실에 마련된 테이블과 소파 귀퉁이.

그곳에 작은 그림자 하나가 오도카니 앉아 있는 것을 발견했다.

"……."

가만히 눈을 감고 잠에 빠진 소녀는 최원호에게 무척 익숙한 얼굴이었다.

아니, 익숙함을 넘어 항상 그리워했던 얼굴 중 하나였다.

그는 멍하니 그 이름을 떠올렸다.

'장세현.'

자신이 지구에 없었던 4년이라는 세월 동안, 가장 미스터리한 길을 걸었던 아이.

마법 중에서도 불모지로 여겨지던 정신계 마법에 일찌감치 두각을 보이며 유망주로 손꼽히던 그녀였지만, 야수계에서 돌아와 보니 엉뚱하게도 게이트 테러리스트가 되어 있었다.

마치 아름다운 밑그림이 그려져 있던 캔버스에 시커먼 먹물이 쏟아진 것처럼 아쉽고도 안타까운 결과였다.

장세현은 최원호에게 아픈 손가락이며, 통제할 수 없었던 변수와도 같은 존재였는데…….

'뭐지? 이상할 정도로 그때 그 모습과 전혀 달라지지 않았어.'

지금 그녀의 모습을 바라보며 최원호는 등골이 오싹한 기분이었다.

정말 이상하게도, 소파에 기대어 잠이 든 소녀의 모습은 4년 전, 그러니까 야수계로 건너가기 전의 그 모습과 완벽하게 똑같았다.

겉모습뿐만 아니었다.

사람에게서 풍기는 느낌과 마력의 파장마저 조금도 달라지지 않았다.

섬뜩할 정도로 괴이한 일.

"잠깐만. 내가 아직도 꿈을 꾸는 건가……?"

최원호는 멍하니 중얼거리며 장세현에게 다가섰다.

바로 그때였다.

"……원호 오빠? 하아암, 여긴 어디에요?"

잠에서 깨어난 장세현이 눈을 비비며 입을 연 것이었다.

정말로 뭔가 단단히 이상하게 돌아가고 있음을 깨달은 것은 바로 그 순간이었다.

보름달 여우의 눈이 본능적으로 열리고, 그 창구를 통해 밀물처럼 쏟아져 들어오는 장세현의 생각들.

–죽, 여, 줘, 죽, 여, 줘, 죽, 여, 줘!

'이건……!'

예전에 블랙핑거 클랜원들에게서 보았던 그 증세가 장세현에게 나타나고 있었다.

바로 신인류의 정신 지배 기술이 작동하고 있었던 것이다.

물론 완전히 똑같은 상황은 아니었다.

"……."

지금 장세현은 너무나 멀쩡한 얼굴로 앉아서 최원호를 바라보고 있었으며, 신인류가 제 것처럼 써 대던 순수 마력 따위는 조금도 느껴지지 않았다.

최원호는 심장이 덜컥 내려앉는 기분이었다.

'설마, 그놈들이 이 기술을 완벽하게 다듬어 낸 건가?'

장세현은 아무렇지도 않게 입을 열었다.

"오빠? 왜 그래요? 무슨 일 있어? 근데 그 가발은 뭐야? 오빠 긴 머리 진짜 안 어울리는데."

"내 머리……?"

이건 또 무슨 소리일까.

그가 혼란에 빠져 있던 그때.

"최원호 마스터."

"일어나셨군요, 마스터."

집무실의 문이 벌컥 열리며 워해머와 헌드레드를 비롯한 헌터들이 나타났다.

그들의 등장에 최원호는 혼란에 빠져 있던 표정을 감추며 고개를 끄덕였다.

"마침 잘 오셨습니다. 내일부터 올노운 헌터가 일본 공략을 시작할 텐데, 부산을 비롯한 남동쪽 해안선에 수비 강화를……."

그러나 워해머가 끼어들자 입을 다물 수밖에 없었다.

"아, 수비 강화와 후방 지원 대책은 봄향 헌터가 담당하여 문제없이 진행될 테니까 걱정 마시오. 그보다는 거기 있는 아가씨의 상황부터 먼저 이야기해야 할 것 같은데?"

"……예?"

"장세현 헌터 말이오. 나도 그 친구를 좀 알거든."

'무슨 말이지? 워해머가 세현이를 안다고?'

도통 영문을 알 수 없는 말에 최원호는 고개를 돌려 장세현을 바라보았다.

　그러자 그녀의 표정이 묘하게 변하기 시작하는 것이 보였다.

　그리고 놀랍게도 장세현의 정신 파동 또한 변화하고 있었다.

　-구, 해, 줘……!

　어째서?

❧

　"아니, 워해머 마스터께서 세현이를 어떻게 알고 계십니까? 여섯 형제단의 총수에 대한 정보는 극비 중에서도 극비였을 텐데요."

　"미안하지만 그건 말해 주기가 곤란하군. 그냥 어쩌다 보니 알게 되었다고 해두겠소."

　"그게 무슨……."

　개소리일까?

　뒷말을 속으로 꿀꺽 삼킨 나는 눈을 가늘게 뜨며 워해머를 노려보았다.

키는 나보다 조금 작았으나 나보다도 두꺼운 몸통을 자랑하는 중년 남자는 싱긋 웃었다.

"허허! 그렇게 째려봐도 알려 줄 생각은 없소, 적어도 지금은."

"그럼 나중에는?"

"아마 자연스레 알게 될 거요. 그보다, 지금 장세현 헌터는 정상이 아니오. 이건 최원호 마스터도 느꼈을 거라고 생각하는데?"

세현이의 상태라면 물론 알고 있다.

"예, 신인류의 정신 지배와 비슷한 것이 작동하고 있는 것으로 파악했습니다. 자세한 건 좀 더 연구해 보고 대응 방법을 생각해 봐야겠지만……."

아직은 확실한 게 없다.

어쩌면 블랙핑거 클랜 때보다 어려운 상황이 될지도 모른다는 생각이 들었다.

'지금 이걸 어떻게 봐야할까. 데라쉬가 나에게 엿을 준 거라고 생각해야 하나? 세현이를 세뇌시켜 뒀다가 내 뒤통수를 치게 하려는 건가?'

머릿속이 복잡해지던 그 순간, 워해머가 다시 입을 열었다.

"잠깐만. 지금 뭔가 놓친 것 같은데, 최원호 마스터."

"놓쳤다니오?"

"말 그대로. 더 중요한 걸 놓친 듯하다는 말이오."

"……?"

정신 지배보다 더 중요한 게 있는데, 내가 그걸 놓쳤다?

나는 다시 고개를 돌려 장세현을 바라보았다.

세현이는 여전히 초점이 없는 눈으로 나를 응시하는 중이었다.

"원호 오빠, 지금 이게 무슨 일이에요? 뭐가 어떻게 되고 있는 거야? 신우는요? 윤수는? 근데 준백 오빠는 어째서……?"

그러자 워해머가 다시 끼어들더니 입을 열었다.

"정말 모르겠소? 지금 우리 앞에 있는 장세현 헌터는 현재 시점의 존재가 아니오. 당신이 그 차원 역류에 휘말리기 이전의 시점에서 끄집어 낸 무언가지. 코그니시앙 놈들의 수작이라는 말이오."

……뭐?

'현재 시점의 존재가 아니라고?'

간신히 워해머의 말을 이해한 나는 다시 한번 장세현을 살펴보았다.

그러자 비로소 '더 중요한 것'에 대해 이해하게 되었다.

깨달은 것이다.

'본질이 아닌 그림자.'

즉, 반영(反映).

    지금 내 앞에 있는 장세현은 그녀의 본질적 존재가 아니라, 게이트 시스템에 의해 만들어지고 지배되고 있는 그림자였다.

    즉, 우리 세계의 거주자로서 격을 가진 존재가 아니라 게이트 몬스터에 가깝다는 이야기였다.

    "세상에……."

    그래서 죽여 달라고 한 거였어.

    생각지도 못한 전개에 머릿속이 아득해졌다.

    동시에 지금까지 의문스러웠던 부분들이 이제야 차곡차곡 꿰어 맞춰졌다.

    게이트 시스템, 순수 마력, 보스 몬스터들과 거짓 사명, 본질과 반영…….

    처음부터 모두가 하나로 연결되어 있었다.

    돌이켜 보면 그럴 수밖에 없는 문제들이기도 했다.

    모두 그 대신격이 만든 굴레 속에 종속된 것들이었으니까.

    "……미친!"

    "오빠? 지금 이게 다 무슨 말이야?"

    "최원호 헌터, 정신을 똑바로 차리고 현실을 정확하게 파악하시오. 그렇다고 해서 이 장세현 헌터가 허상이라는 말은 결코 아니지만!"

    워해머는 왼손으로 이마를 짚은 나를 향해 신신당부했다.

    "지금 장세현 헌터는 원래 시간대의 실체와 공존할 수 없는 존재요. 그러면 포섭 현상이 일어나서 존재가 뒤엉키고 말 테니까. 도플갱어에 대해 알고 계시겠지? 이건 그 몬스터와 비슷한 현상이라고 할 수 있소. 그러니까 마주치지 못하게 조치를 취해야…….”

“잠깐. 잠깐만!”

나는 열을 올리며 설명하던 그를 제지했다.

그리고 머릿속에 떠오른 중요한 질문 하나를 던졌다.

“워해머 마스터, 당신이야말로 이 상황에 대해서 어떻게 그렇게 잘 알고 있는 겁니까? 꼭 직접 경험해 본 사람처럼. 나한테 뭘 숨기고 있는 겁니까?”

그러자 입을 꾹 다무는 워해머.

그는 이내 씨익 웃으면서 아까 직접 했던 말을 다시 한번 주워 담았다.

“미안하지만 그건 말해 주기가 곤란해. 적어도 아직은 그럴 수가 없소.”

∽

클랜 하우스 2층.

장세현은 한때 도윤수의 치료를 위해 사용되었던 그 방으로 인도되었다.

그리고 생명 유지 장치에 넣어졌다.

용액이 차오르는 수조 속에서 그녀는 혼란스러운 표정을 짓고 있었다.

"원호 오빠? 이게 뭐야? 어째서 나한테?"

"세현아, 다 괜찮을 거야. 조금만 자고 있으면 돼. 그러면 옛날처럼……."

"오빠아아아!"

"……."

설명하기 어려운 일이다.

특히 그녀 자신에게는 더더욱.

나는 장세현을 향해 마력을 일으켰다.

[스킬 : '슬립'.]

그러자 녀석은 눈을 부릅뜨면서 내 마력에 대항하려 시도했다.

하지만 그건 정말 시도에 불과했다.

[알림 : 상대의 정신 방벽을 완벽하게 압도했습니다.]

[알림 : 상태 이상 '강제 수면'이 발생합니다!]

"으으……."

장세현의 눈이 천천히 감겼다.

나는 반항을 가볍게 무력화시키고 그녀를 잠재우는 것에 성공했다.

그리고 생명 유지 장치의 수용액이 그녀의 머리끝까지 차오르는 것을 지켜보았다.

가만히 눈을 감고 잠에 잠든 여자아이의 모습은 처연한 감정을 불러일으켰다.

'미안하다. 조금만 참아, 세현아.'

뭐라 말할 수 없는 기분.

등 뒤에서 상황을 지켜보던 워해머가 헛기침을 했다.

"최원호 마스터, 너무 상심하지는 마시오. 어차피 머지않아 이 전쟁은 끝날 테고……."

"……그리고 당신이 나한테 뭘 숨기고 있는지도 밝혀지겠지요, 워해머 마스터."

"음? 혹시 나한테 화나셨소?"

"그럴 리가요. 이렇게 날 도와주셨는데."

"한데 어째 혼나는 느낌이 드는데?"

"기분 탓입니다."

"흐음, 그렇다면 내 기분이 잘못했군."

나는 시답잖은 소리를 중얼거리고 있는 워해머를 향해 돌아섰다.

"크흠."

그는 나와 눈이 마주쳤음에도 태연한 표정이었다.

오히려 의미심장한 미소까지 지어보였다.

징그럽기는.

"……가시죠."

"음, 그러지."

방을 나서며 나는 머릿속으로 몇 가지를 결정했다.

'뒷조사를 해야겠어.'

워해머가 무언가 비밀을 간직하고 있는 것쯤은 그리 대수로운 일이 아니었다.

누구나 딴 주머니 하나쯤은 차고 있는 법이니까.

하지만 그 주머니가 내 신경을 거슬리게 한다면 참기가 어려웠다.

의외로 나는 안전지상주의자였다.

가능한 한 모든 위험 요소를 제거하는 것이 나에게 익숙한 싸움 방식이었기에, 그 결정은 당연하고도 신속하게 이루어졌다.

"이코? 할 일이 하나 생겼어."

-어째 목소리가 심각하네? 세현이 관련된 거야?

"잔말 말고 내 사무실로 올라와."

-진짜 심각한 건가 보네. 오케이, 올라간다.

클랜 하우스의 내선 전화로 이코를 불러들인 나는 가능한 모든 정보 자원을 이용하여 워해머 마스터의 배경을 조사해 보라고 지시했다.

필요하다면 헌드레드라도 조사하라고 말했다.

그들 부자가 아군이라는 것은 의심할 필요가 없는 사실이었지만.

수상쩍은 지점까지 전부 감싸 안고 갈 만큼 나는 포용력이 좋은 사람이 아니었다.

……그리고 이튿날.

"마스터, 아이언 팩토리가 움직이기 시작했습니다."

김자형이 울산항에서 배에 올랐다는 소식이 전해졌다.

~

"아무것도 보이지 않아요."

우윤아의 목소리가 귓가에 닿았다.

나는 그녀를 에어바이크 뒷자리에 태우고 한반도의 남쪽을 향해 쏜살처럼 달리고 있었다.

그녀는 지구의 존재하는 모든 마력의 화신이었기에 지구 소속 헌터들의 행동에 대해 완벽하게 꿰고 있어야 했다.

'하지만 김자형에 대해서는 보이는 것이 없다.'

그 말은 김자형과 아이언 팩토리 클랜원들이 지구의 마력이 아닌, 다른 마력을 이용하고 있다는 뜻이었다.

이를 테면 코그니시앙 일족이라든가.

또는 악마종을 다시 불러들였다든가.

'……아니면 이번에 열리게 된 차원 통로의 주인에게 힘을 빌렸을 수도 있겠지.'

코볼트들.

탐욕스럽고 약삭빠른 소형 아인종들 중에서도 가장 지독하다고 여겨지는 전쟁광 코볼트 일족.

데라쉬가 넘겨준 정보에 따르면 이번 차원 통로는 그놈들의 세계와 연결되는 것이었다.

'마침 코볼트를 만났으니 운이 좋다고 해야 하나?'

천마와 결합한 도윤수가 나에게 요구한 것이 '시간 도둑 코볼트의 응집석'이라는 물건이었다.

이는 EX급 코볼트 게이트인 '황금 코볼트의 무한 미궁'이라는 곳에서 구할 수 있는 아티팩트.

전쟁광 코볼트 일족과 황금 코볼트 일족이 가까운 사이는 아니지만, 같은 코볼트 계열이라는 점에서 나름의 가능성을 점쳐 볼 수도 있는 상황이었다.

'내가 코볼트 세계로 직접 들어가서 아티팩트를 구해 오는 것도 한 방법이니까.'

하지만 어쨌거나 당장 중요한 것은 따로 있었다.

우리 세계를 휩쓸고 있는 신인류의 광기를 끊어 내기 위해, 존 메이든을 찍어 내는 것.

특히 이번 차원 통로에서는 그의 오른팔처럼 움직이고 있는 김서옥과 마주할 확률이 컸다.

'아니, 100%라고 봐야지.'

이번 차원 통로를 바탕으로 아시아 일대를 탈환할 계략을 세우고 있을 터.

나는 그 계획을 정면에서 때려 부술 작정이었다.

❦

제주도 남쪽 바다를 지나는 쾌속선의 갑판 위.

"선배, 그 자료가 도착했어요."

"……이리 줘."

김자형은 오수민에게 건네받은 자료를 들여다보고 있었다.

독도 바다 인근에서 벌어진 상황에 대해 기술한 보고서였다.

〈텐류/김주석의 행적 보고〉

작성자 : 코그니시앙 일족의 데라쉬.

요약 : 텐류와 김주석은 최원호의 공격에 의해 사망하였음.

"역시, 그렇게 된 거였나……."

아버지의 죽음을 문서로 확인한 김자형의 손이 파르르 떨렸다.

"자형 선배."

"조용."

그는 어금니를 꾹 깨물며 차근차근 보고서를 읽어 나갔다.

보고서는 단순 요약에서 그치지 않고, 자세한 앞뒤 정황에 대해 이야기하고 있었다.

텐류가 김주석에게 협력하기를 제안했고, 거기에 가담했던 김주석이 최원호에게 단칼로 처형된 것까지.

"아버지……."

모든 내용을 기어코 확인한 김자형의 눈빛이 깊게 가라앉았다.

'최원호.'

모든 문장에서 등장하는 그 이름을 꿰뚫어 버릴 것처럼 노려보고 있었다.

오수민이 입을 열었다.

"선배, 저한테 맡겨 주세요. 제가 복수할게요."

"복수?"

"네. 최원호에게 복수하는 것, 결국 해야 하는 일이잖아요?"

"……."

김자형은 입을 꾹 다물었다.

사실 그의 머릿속은 잔뜩 뒤엉켜 있는 상태였다.

분노, 수치심, 공포와 혼란까지…….

'미치겠군.'

아버지가 최원호에게 살해되었다는 것을 확인했을 때는 당연히 분노가 들끓었다.

그러나 그가 일본의 대표 헌터인 텐류와 손을 잡았고, 동해 밑바닥에 차원 통로를 개설하는 작업을 하다가 처형되었음을 확인했을 때는 부끄러웠다.

그리고 최원호를 적으로 돌려야 한다는 사실 앞에서는 공포를 느껴야만 했다.

'이게 맞나……?'

지금 자신이 걷고 있는 노선에 대한 혼란까지.

김자형은 아버지의 행위와 그에 따른 최후를 어떻게 받아들여야 할지 깊게 고민하고 있었다.

그러나 오수민은 무척이나 명쾌했다.

"선배, 우린 최원호에게 복수해야 돼요. 그날의 수모를 갚아 줘야죠. 안 그런가요?"

"그건…….."

"선배! 날 똑바로 봐요. 김주석 마스터의 죽음을 좌시할 건가요? 우리 손목을 마구잡이로 자르고 조롱했던 그놈이 이번에는 선배의 아버지를 죽였단 말이에요!"

꿀꺽.

불타오르는 듯한 오수민의 눈동자 앞에서 김자형은 마른침을 삼켰다.

아버지를 잃은 것은 자신인데…….

어째서 그녀가 더 분노하고 있는 것인지 이해하기가 어려웠다.

그러나 그 의문은 금세 사그라들었다.

[스킬 : '엔젤릭 아나볼리즘'.]

츠츠츠츠─!

오수민으로부터 시작된 정신적 연결이 이어지며 그 분노가 들불처럼 번져 왔던 것이다.

김자형은 멍하니 생각했다.

'그래, 아버지의 죽음이야. 아버지가 텐류에게 협조하긴 했어도 그건 대의가 있어서였어. 클로저스 연합의 뜻과 우리 아이언 팩토리의 의지가 달랐기 때문에 어쩔 수 없이 내린 결단이었다고.'

그러므로 그의 아들이자 마스터 직을 이어받은 자신이 가야 할 길은 하나밖에 없었다.

"……복수."

"그래요. 우린 최원호에게 복수해야 돼요. 존 메이든 의장이 우리의 손을 잡아 줬잖아요? 그와 계외자들의 힘을 빌려서라도 아시아를 탈환하고 신세계를 이룩하는 거예요!"

오수민의 이야기를 멍하니 듣고 있던 김자형의 눈동자가 스르륵 움직였다.

"계외자? 그게 뭐지?"

"아, 그건……."

뜻밖의 반문.

그러나 오수민은 빙긋 웃으며 둘러댔다.

"신인류와 협력하고 있는 타계의 존재들이에요. 지구를 중심으로 한 거대 군단의 간부들이죠."

"……."

평소의 김자형이었다면 당연히 의문을 품었을 부분이었다.

'타계에서 온 거대 군단의 간부들. 어째서 그런 존재들에 대해 오수민이 알고 있는 것일까?'

이러한 의문을 가지는 것은 지극히 당연했다.

하지만 상대로부터 전염된 분노와 야망에 휩싸인 지금…….

'그런가? 뭐, 신인류에 대해 따로 수집된 정보가 있는 모양이지?'

그저 별일 아니라고 치부하고 말았다.

김자형은 과장된 분노 속에서 묵묵히 고개를 끄덕였다.

"그래, 복수하자. 반드시."

"네. 그래야죠."

오수민은 보이지 않을 만큼 작은 미소를 지었다.

그녀의 정체는 아주 오래전에 지구로 넘어와서 활동하던

계외자의 일원.

사사건건 걸림돌이 되고 있는 최원호를 이제 완전히 치워 버리라는 지령을 받은 입장이었다.

봉인되어 있던 저력을 사용할 수 있도록 본단으로부터 허가까지 받은 상황이었다.

어렵지 않을 것이다.

'신세계가 이루어질 것이다.'

말없이 복수의 의지를 불태우는 김자형을 바라보며, 오수민은 그렇게 확신하고 있었다.

—최원호, 목표를 발견했다.

—저도요, 마스터.

"내가 신호할 때까지 기다려."

—오케이.

—그럼 수면 아래에서 대기할게요.

나는 혼자서만 움직인 것이 아니었다.

제주도에 미리 보내 두었던 자하르와 대만에서 대기하고 있던 이옐린까지 함께 포위망을 형성하도록 안배했다.

그 덕분에 아이언 팩토리 클랜원들은 남북 방향에서 동시에 포위당한 상태.

나는 상공에서 광학 위장을 사용하고 있었고 자하르와 이엘린은 모두 수면 아래에 몸을 감추고 있었기에, 상대는 우리가 포위망을 구축했다는 사실을 전혀 알 수 없는 상태였다.

"우윤아 헌터, 이제 뭐가 느껴지는 게 있습니까? 순수 마력이라든가, 아니면 이질적인 타계의 마력이라도."

"……잘 모르겠어요. 뭔가 단단한 차단막이 이 부근을 전부 감싸고 있는 느낌이에요."

단단한 차단막이라…….

나는 천천히 고개를 끄덕였다.

"저도 비슷하게 느껴집니다. 아주 끈적끈적하고 밀도가 높은 힘이 배 근처를 전부 휘감고 있는 느낌."

"맞아요. 그거예요! 그럼 이것도 타계의 마력일까요?"

"글쎄요."

우윤아의 질문에 나는 섣불리 대답할 수 없었다.

내심 짚이는 구석이 있긴 했지만, 확답하기는 어려운 문제.

내가 아는 '그것'들은 마력을 사용하는 놈들이 아니었다.

'그리고 제법 예민한 탐지력을 가지고 있지.'

그렇다면, 나는 이 부분을 거꾸로 이용하여 방금 나와 우윤아가 느낀 그 힘의 정체에 대해 검증해 볼 수 있을 것이다.

나는 곧바로 행동에 들어갔다.

[권능 : '화산 원숭이의 분신술'.]
[권능 : '상륙군 바다거북의 돌격'.]

　두 가지 권능을 동시에 전개하는 것과 함께 오토바이 바깥의 허공으로 몸을 던졌다.

　공기를 가르는 낙하가 시작되면서 쾌속선의 모습이 시시각각 가까워졌다.

　"최원호 헌터……!"

　등 뒤에서 당황한 듯한 우윤아의 외침이 들려왔다.

　그러나 걱정할 필요는 없었다.

　내가 백두산에서 복귀한 이후로 철만 아저씨는 에어바이크에 자율 주행 기능을 추가했고, 나는 마력을 이용해서 탈 것을 내 뜻대로 조종할 수 있었다.

　그러니까…….

　"이따 봅시다."

　"……!"

　파파파파팟!

　몸이 수십 개로 불어났다.

　그리고 방어력을 한껏 끌어 올린 채, 바다 위를 달리는 함선을 향하여 수직으로 내리꽂혔다.

　그러자 변화가 일어났다.

　배 근처를 휘돌고 있던 고밀도의 힘.

끈적끈적한 대항력이 나와 분신들에게 뿜어져 나오더니 마구잡이로 엉켜들면서 팔다리를 붙잡기 시작했다.

나는 실감했다.

'역시, 뜨거워.'

거북의 권능을 이용하여 극한까지 강화된 방어력이었는데, 그걸 뚫고 들어오는 작열통이 있었다.

역시 그거다.

'성화(聖火).'

보이지 않는 성스러운 불길.

아주 특별한 몬스터 종이 사용하는 힘의 고유한 정체성이었다.

백작이 불러냈던 악마종의 숙적이지만, 마찬가지로 오만하며 경우에 따라서는 더 악랄한 놈들.

자신들은 그 탄생부터 심판을 위해 존재하노라고 공언하는 건방진 몬스터들이다.

"역시 천사종이군."

천사종들 중에서도 꽤나 상급의 개체가 저 쾌속선을 보호하는 중이었다.

이 힘은 자신들에게 순종하지 않는 것들을 불태우는 성화(聖火)였다.

어디서 나타나서 끼어들었는지는 모르겠지만…….

'너희도 이 전쟁에 한 다리 걸치고 있었단 말이지?'

어차피 천사든 악마든 다를 것은 하나도 없다.

지구로 쳐들어왔다면 전부 잘게 다져 줄 뿐이다.

[알림 : 권능 '화산 원숭이의 분신술'이 종료됩니다.]

나는 분신들을 거두어들였다.

마치 지구를 향해 떨어지는 운석이 된 것처럼 불길에 휘감긴 상태.

그러나 나는 가볍게 몸을 뒤집으며 하늘을 향해서 신호탄을 쏘았다.

해수면 아래에서 대기하고 있던 자하르와 이엘린에게 공격 신호를 보낸 것이다.

별것 없는 작전이다.

'밑에서 때려서 배 밑바닥을 박살 내 버려.'

그리고 나는 지구로 떨어지는 운석이 된 것처럼 천사종의 성화를 휘감은 채로 상공에서 수직으로 내리꽂힌다.

1초도 채 되지 않는 짧은 순간.

쾅! 콰아아! 콰아아앙……!

수면의 위아래에서 세 번의 타격이 일어나 쾌속선을 꿰뚫었다.

갑판에 서 있던 놈들은 중심을 잃고 나자빠졌고, 함내에 있던 것들은 배의 격벽이 터지며 쏟아지는 물살에 휩쓸렸다.

"습격! 적의 습격입니다!"

"즉각 대응해라! 무조건 사살해!"

"예! 전원 전투 준비!"

고래고래 고함을 쳐 대는 헌터들.

함선의 내부로 파고들었던 나는 피식 웃었다.

'그래도 겨울 내내 전쟁을 겪은 헌터들이라서 그런지 습격 당했다고 정신을 빼놓지는 않는군.'

조금 뿌듯한 일이기도 했다.

불과 얼마 전까지 이들의 총지휘관이 나였으니까.

물론 지금은 완전히 다른 입장이 됐지만 말이다.

–이 반란군 놈의 쉐키들! 내가 당장 탱크를 몰고 가서……!

"그래, 가라. 가서 탱크 맛 좀 보여 줘."

잔뜩 흥분한 해청을 그대로 풀어놓았다.

녀석이 완전한 형상을 이루어 헌터들을 향해 뛰쳐나간 뒤.

나는 고개를 들어 눈앞에 있는 상대를 바라보았다.

"……김자형."

"최, 최원호! 어떻게 벌써 여기까지……!"

혼란과 분노가 뒤섞인 눈동자.

뭐, 길게 이야기를 주고받을 필요는 없다.

'할 일만 하면 그만이지.'

나는 허리를 회전시켜 뒤로 반 바퀴 도는 것과 함께, 주먹을 길게 내질렀다.

고작 이 정도의 기백이라면 권능을 따로 전개하는 것도 낭비였다.

아니나 다를까.

콰직!

일 권에 놈의 머리통이 으깨지며 쥐어짠 듯이 붉은 피가 튀어 올랐다.

"……!"

그렇게 단말마의 비명도 지르지 못한 채, 김자형은 나에게 털썩 무릎을 꿇었다.

천국의 뉴비

'내가 왜 그랬지?'

김자형은 마음속 깊이 후회하고 있었다.

스스로 결정한 일이었으나, 자신이 어째서 최원호에게 대적하려 했던 것인지 도무지 이해할 수가 없었다.

왜? 도대체 뭘 믿고?

'최원호 연합장은 나보다 아득하게 강한 헌터인데.'

더구나 복수의 명분마저도 완벽하지 않았다.

'아버지는 텐류와 손잡았다. 이인국 대통령에게 게이트 전권을 얻어 내지 못했기 때문에. 최원호 연합장과의 경쟁에서 패배했기 때문에……!'

그래서 일본 측에 가담했고, 결과적으로 즉결 처형되고 말았다.

그런데 최원호는 이 모든 사실을 그냥 묻어 두기까지 했다.

아이언팩토리의 클랜 마스터인 김주석이 조국을 배신하고, 동해 밑바닥에다 차원 통로를 열려고 했음을 만천하에 알릴 수도 있었지만…….

'그러지 않았어.'

아무것도 모르는 척 조용히 묻어 두고 넘어가기로 작정했던 것이다.

동해에서 돌아온 최원호는 퀀쿼러스 연합을 해산시키고 자신을 거두어들이기까지 했다.

김자형은 쓸쓸하게 웃었다.

'기회를 받았건만, 그걸 내가 직접 걷어찼구나.'

그는 멍하니 최원호를 올려다보았다.

"……."

냉담하기 그지없는 눈빛.

최신우의 집에 마구잡이로 찾아갔던 그때부터 경고의 의미를 담고 있었던 저 차가운 눈동자.

'자업자득인가.'

그 생각을 마지막으로 김자형은 천천히 고개를 떨어뜨리며 무너졌다.

털썩.

허망하다 못해 한심한 최후였다.

헌터들을 쫓아 보내고 검의 형태로 돌아온 해청이 혀를 찼다.

-주인한테 대들다가 결국 이렇게 됐네. 으이그, 배신자들의 말로는 절대로 좋을 수가 없는 건데.

"흠……."

말없이 김자형의 시신을 뒤집어 본 최원호가 이맛살을 찡그렸다.

"이놈은 천사종과 관련이 없어."

-응? 그럼?

"천사종과 직접 손을 잡은 헌터나, 아니면 천사종 그 자체가 배후에 숨어서 놈을 조종한 것 같은데……."

-흐음, 이 녀석은 어느 쪽도 아니란 말이지?

"응. 현혹당했던 모양이야. 그런 흔적이 느껴져. 천사종의 흔적."

이 배의 주변에 보이지 않는 불길을 둘러놓았던 놈이 김자형을 가지고 놀았다.

그리고 지금은 놈을 미끼 겸 방패로 써먹고 종적을 감춘 상태.

그렇다는 말은……?

-마, 마스터! 지금 성화가! 보이지 않는 힘이 함선을 짓누르기 시작했어요!

─갑판이 갈라지고 있다! 전부 함정이었던 거야! 최원호, 일단 탈출해라! 어서!

물속에서 상황을 지켜보고 있었던 이엘린과 자하르가 고함을 내질렀다.

"……그래, 그렇군."

그들의 말에 최원호는 몸을 일으켰다.

바깥 상황이 머릿속으로 훤히 그려지는 듯했다.

천사종이 휘두르는 성화.

육안으로는 전혀 보이지 않는 진득한 안개가 실체로 현현하여 쾌속선을 짓누르기 시작했다.

목표는 당연히 최원호였다.

천사종은 최원호가 함 내에 들어온 상황을 이용하여 저 깊은 바다 밑바닥에다 그를 쑤셔 넣을 계략을 꾸미고 있었다.

'재밌네.'

정말 가능할 것이라고 생각하는 걸까.

반격은 즉시 시작되었다.

[안내 : 권능 '어린 수왕의 팔'이 결합할 준비를 마쳤습니다.]

[안내 : 권능 '어린 수왕의 발톱'이 결합할 준비를 마쳤습니다.]

[권능 : '수왕의 만 자루 칼'.]

6개의 팔을 동시에 이용하는 타격 권능과 신체의 말단을 강화하여 쇠붙이로 만드는 참격 권능.

두 가지의 기술이 하나로 융합되면서 세비지 에너지가 부채꼴의 형태를 취하며 폭발했다.

콰아아아아앙!

굉음과 함께 가라앉던 함선이 산산이 부서졌다.

그리고 압력이 밀려나가기 시작했다.

천사종이 휘두르는 성화의 영향력이 갈가리 찢겨지고, 갑판을 짓누르던 힘 또한 사라졌다.

하지만 함선을 조각조각 쪼개 버렸으니 침몰은 피할 수 없는 수순.

쾌속선이 파괴된 순간부터 수백 톤의 잔해는 빠르게 가라앉기 시작했다.

"살려 줘!"

"아, 안 돼……!"

함내에 남아 있던 아이언팩토리의 헌터들은 바다 밑바닥으로 끌려 들어가지 않기 위해 발버둥을 쳐댔다.

그들은 각자 가지고 있는 스킬을 모조리 동원해서 잔해를 걷어 내며 배 바깥으로 나가기 위해서 노력하기 시작했다.

그러나 모두 소용없는 일이었다.

함선의 잔해와 함께 밀려들어 온 차가운 바닷물에 대항할 수는 없었으니까.

삽시간에 물이 목까지 차오르자, 모두 다 패닉에 빠지기 시작했다.

'여기서 죽는다.'

'결국 전부 죽는 거야…….'

잠수 스킬을 가진 헌터들마저도 마찬가지.

잔해로 이루어진 미로 속에서 탈출구가 전혀 보이지 않았기에 그들은 모두 자신의 최후를 상상하며 절망하고 있었다.

바로 그 순간.

[권능 : '수왕의 염의'.]

최원호의 손끝에서 새로운 파장이 시작되었다.

바닷속으로 휩쓸려 내려가던 함선의 잔해물이 일제히 역류하며 수면으로 떠오르기 시작했다.

그리고 헌터들은 목소리를 들었다.

〈……마지막 기회다.〉

그와 동시에 머릿속으로 주입되는 선명한 염상(念像).

이는 생살여탈권을 쥔 자의 뜻이며, 지금 이 공간을 지배하는 자의 의지였다.

모든 헌터들이 진즉부터 따랐어야 할 목소리이기도 했다.

〈적을 추살하라.〉

———!

최원호의 음성과 함께 함선의 잔해가 사방으로 비산했다.

막강한 염동력에 의해 모든 장애물이 치워지고 활로가 드러난 순간이었다.

'사, 살았다!'

'살았어!

일제히 자유의 몸이 된 헌터들은 홀린 듯이 수면을 향해 질주했다.

이제 명령을 수행할 차례였다.

저 바깥에서 제멋대로 힘을 휘두르고 있는 천사형 몬스터를 향해 그들은 모든 것을 내던졌다.

[스킬 : '어둠 덫'.]

[스킬 : '딜레이 포인트'.]

[스킬 : '태양 때리기'.]

[……]

헌터들이 일제히 스킬을 쏟아 내며 물 바깥으로 솟구쳐 나온 순간.

"오호라……?"

해수면 위를 느리게 부유하며 힘을 사용하던 오수민은 입가를 비틀며 오른손을 내저었다.

보이지 않는 성화의 영향력이 빠르게 배가되기 시작했다.

갈기갈기 찢어졌던 압력이 봉합되고, 다시 한번 거대한 덩어리를 이루어서 아래로 곧장 내리꽂혔다.

수면을 박차고 오르는 헌터들을 마치 하찮은 벌레처럼 쥐어짜는 강력한 힘.

퍼퍼퍼퍼퍽!

"끄어어억!"

돌진하던 이들이 날카로운 비명을 터트렸다.

성화의 거력은 무자비하게 그들을 짓이겨 바다로 내던졌다.

그때 최원호는 실이 끊어진 인형들처럼 나부끼며 추락하는 헌터들 사이에 있었다.

'해청.'

-갑니다요!

그의 손을 떠난 은빛 금속의 덩어리가 수직으로 날아올랐다.

　

[권능 : '해태의 현현'.]

　

해청은 화살처럼 쏘아지면서도 빠르게 재조립되었다.

"빛의 속도로 베여 본 적 있나!"

저건 또 어디서 배워 온 명대사일까.

성화는 무형의 해일이 되어 그 움직임을 짓누르려 했으나 신수는 거침이 없었다.

하나하나가 명검처럼 예리하게 벼려진 발톱들.

해청은 상승을 계속하며 보이지 않는 힘의 결을 그대로 찢어발겼다.

"가즈아아아!"

신수의 탈을 쓴 병기가 목표를 향해 쉬지 않고 나아가던 그 순간.

"후후후후."

"……잉?"

나지막한 웃음소리와 함께 오수민의 등 뒤에서 거대한 법진이 펼쳐졌다.

하늘을 다 채울 만큼 장대한 수식의 나열이었다.

그리고 지금까지와는 차원이 다른 성화가 전개되었다.

"뭐, 뭐야! 주인! 나 붙잡혔어!"

해청의 돌진마저 가볍게 붙잡아 버릴 만큼, 성화는 지독하게 끈적거리는 점성으로 변화했다.

수면 위로 빠져나와서 떠다니는 잔해를 밟고 선 최원호는 상공을 바라보고 있었다.

"이건……?"

심상치 않은 시작이었다.
이윽고 그것이 등장했다.

[스킬 : '심판자 소환'.]

상공에 떠오른 것은 거대한 눈동자였다.
마치 지구의 바다를 모조리 뒤엎어 버릴 것처럼 거대한 존재감을 과시하는 초월적인 존재.
그것은 눈꺼풀을 깜빡이며 하계를 오시하고 있었다.
"심판자? 저런 고위종까지 소환한다고……?"
예상을 벗어난 규모에 잠시 입을 다물었던 최원호.
하지만 그는 이내 입가를 비틀며 미소 지었다.
'그럼 이용해 줘야지.'
분명 까다로운 상황이 되었지만, 차라리 잘됐다는 생각이었다.

내가 가장 먼저 염두에 두었던 점은 천사종 몬스터는 신의 대리자로 행세하는 놈들이라는 사실이다.
대단히 오만하면서도, 엄격한 규칙에 따라 행동하는 몬스터 종.

내가 세비지 에너지를 탈탈 털어서 '수왕의 염의'를 전개한 이유는 바로 그 맹점을 찌르기 위해서였다.

〈수왕의 염의(念意)〉

[권능] 세비지 에너지를 사용하여 일정 공간에 직접적인 의지를 투사할 수 있다. 순간적으로 현실을 조작하고, 타인의 정신세계에 강력한 의념을 주입할 수 있게 된다.

즉, 일정 범위 안에서 물리적 영향력과 영적 간섭력을 동시에 행사하는 기술.

나는 이 힘을 이용해서 파괴된 쾌속선의 잔해를 흩어 버리고, 아이언팩토리의 헌터들에게 전투 의지를 불어넣을 수 있었다.

'세비지 에너지를 미친 듯이 소모하지만…… 그만큼 강력한 권능이지.'

내가 굳이 이 권능을 이용해서 헌터들을 내보낸 까닭.

그건 천사종 몬스터들은 절대로 아군을 공격하지 않는다는 규칙을 이용하기 위해서였다.

어떤 상태 이상에 걸리든, 천사종은 아군끼리 전투하지 않는다.

본능와 동등한 수준의 강력한 금제.

나는 이걸 이용해서 상대를 찍어 낼 생각이었다.

그런데 오수민은 보란 듯이 헌터들을 참살했다.

이 말은……?

'상위 규칙이 적용되고 있다는 말이야. 무슨 수를 써서든 목적을 이루는 것에 집중하겠다는 뜻이고, 더 큰 힘을 사용할 수도 있다는 이야기겠지.'

천사계에서 소환된 거대한 존재.

바로 '심판자'였다.

EX급 천사종 게이트에서만 볼 수 있는 최상급 몬스터.

하늘에 열린 거대한 눈은 어마어마한 힘의 폭풍을 휘두르고 있었다.

〈……이곳이 바로 그 세계로구나.〉

놈이 목소리를 내자, 바다가 격랑을 일으키며 요동쳤다.

자하르와 이엘린, 우윤아가 나에게 돌아왔다.

"심판자다. 내가 저 물건을 다시 보게 될 줄은 몰랐는데."

"저놈! 우리 종족의 거대한 산 하나를 통째로 없애 버렸어요. 다시 생각하고 싶지 않은 파괴력이었는데."

"……."

각양각색의 반응들.

그 사이에서 나는 나름의 준비부터 해 뒀다.

"우윤아 헌터, 마력을 채워 주세요."

우선 바닥을 드러낼 만큼 소모된 세비지 에너지를 채워 넣기 위해 원재료인 마력부터 충전해 두고.

"해청, 돌아와."

-응!

손안으로 돌아온 검을 고쳐 쥔 뒤 나는 권능을 끌어 올리기 시작했다.

[권능 : '해결사 황소의 뿔.']

심판자가 행동을 개시하는 순간, 곧바로 받아칠 수 있도록 육체를 단단하게 강화시켰다.

괴기스러울 정도로 거대한 눈동자가 하늘을 채우고 있는 상황이었지만…….

'사실 저 눈동자는 심판자의 실체가 아니야. 오수민이 숨기고 있는 소환 매개체가 심판자의 진짜 몸이지.'

그 순간, 눈동자로부터 공격이 시작되었다.

쾅! 콰아아앙!

해수면을 때리며 몰아치는 거대한 에너지의 폭격.

머리 위에서 쏟아지는 공격을 피해 나는 일행들을 이끌기 시작했다.

"따라와!"

심판자의 폭격은 말 그대로 '심판'을 수행한다.

피폭자가 24시간 내에 거둔 경험치에 비례하여 대미지가 책정되는 독특한 공격.

그러나 본체는 때려 봐야 소용이 없다.

'반드시 소환자를 쓰러뜨려야 한다.'

소환수의 일종인 심판자를 사냥하는 유일한 방법이었다.

그러니 당장 오수민에게 돌진하는 것이 정답이었다.

내가 오수민에게 손상을 입힐수록 심판자는 빠르게 무력화될 터.

하지만 나는 그 방향으로 향하지 않았다.

수면 위를 어지럽게 비행하며 폭격을 흘려 넘기는 것에 집중하고 있었다.

'심판자가 등장했는데 그렇게 처리하면 아깝지.'

내가 기다리고 있는 것은 새로운 이벤트였다.

〈최초의 지구⋯⋯. 무척이나 궁금했던 세계다⋯⋯.〉

'최초의 지구? 뭔 소린지 모르겠군.'

평정을 유지하자.

나는 심판자의 공격 패턴을 읽으며 때를 기다렸다.

답답했는지 오수민이 성화를 짜내어 우리를 찍어 누르려 하는 것이 느껴졌다.

"계속 피하기만 할 건가요!"

그 순간, 나는 품속의 마법 지팡이를 움켜잡았다.

번개 맞은 주목 지팡이의 내장 스킬.

[스킬 : '뇌체화'.]

몸이 번쩍이며 공간을 찢고 앞으로 쏘아졌다.

그리고 내 손에는 오수민의 목이 걸려 있었다.

지금껏 인간들 사이에 숨어 있던 세작의 눈동자가 미친 듯이 흔들렸다.

"······!"

나는 피식 웃었다.

"왜? 이렇게 쉽게 잡힐 줄은 몰랐던 모양이지?"

-견제 능력 빼면 별거 아니네! 이 여자가 그 여자지? 작은 주인의 친구인 척하던 악당!

해청의 말이 맞았다.

오수민은 신우의 곁을 맴돌면서 가까워졌다가 김자형을 이용해서 완전히 무너뜨리려고 했었다.

내가 때마침 지구로 돌아오지 못했다면 상황은 걷잡을 수 없었을 것이다.

손아귀에 자연스럽게 힘이 들어갔다.

"*끄어어억······.*"

오수민이 버둥거리며 성화가 불길처럼 일어났지만, 나는

수왕의 염의를 이용하여 모조리 찍어 눌렀다.

그리고 더욱 천천히 목을 옥죄는 것이다.

내가 주변으로 심판자의 포격을 떨어지는 와중에도 아랑곳하지 않자, 해청이 헛기침을 했다.

-주인, 그냥 얼른 처치하는 게 어때? 왠지 좀 변태처럼 보이는데…….

나는 피식 웃었다.

'그냥 괴롭히는 게 아냐.'

-응? 그럼?

'미니 게이트를 여는 조건을 만드는 거지.'

-오, 미니 게이트……!

소환자가 위기에 처하면 심판자는 직접 통로가 되어 헌터들을 새로운 공간으로 날려 버리는 특수 이벤트를 실행한다.

나는 그것이 열리기를 기다리고 있었다.

일정한 조건만 충족된다면, 어마어마한 경험치를 먹어치울 수 있는 기회를 거머쥘 수 있었으니까.

그때, 거대한 눈동자가 번쩍였다.

〈초대하겠다……. 너희 모두를…….〉

내가 알고 있던 그 절차가 시작된 순간.

[안내 : 등급외 게이트 '좌천사 제피리노의 수도원'으로 강제 입
장합니다!]

……응?

미니 게이트 '천사들의 이단 심판장'이 아니라, 수도원?

천사 계열의 게이트들은 무척 직관적인 모습을 갖추고 있
다.

하얗고, 아름다우며, 성스러운 느낌.

대부분 천국에 들어선 것처럼 압도적인 위압감을 선사하
는 게이트들이었다.

하지만 지금 우리가 들어선 이 등급외 게이트 '좌천사 제
피리노의 수도원'은 조금 달랐다.

우윤아가 미간을 구겼다.

"여긴 다르네요……?"

그저 평범한 수도원의 모습.

여기가 게이트인지, 또는 어느 순례길에 놓인 유적인지 분
간하기 어려울 만큼 수더분한 분위기였다.

입구로 들어서며 나는 혼란스러움을 느끼고 있었다.

'왜 이단 심판장이 아니라 수도원으로 들어온 거지?'

내가 아는 심판자는 미니 게이트인 '천사들의 이단 심판장'
으로 헌터들을 빨아들이는 기능을 가지고 있었다.

그렇기 때문에 오수민을 쥐어짜면서 이벤트가 실행되기를

기다린 것이었는데.

'엉뚱하게 좌천사 제피리노의 수도원으로 들어왔다.'

이게 무슨 작용일까.

물론 나에게는 이 게이트 또한 알고 있는 곳이고, 미니 게이트보다 더 많은 경험치를 얻어갈 수도 있으니 나쁜 일만은 아니었다.

하지만 찜찜함은 지울 수가 없었다.

"……."

"흐음, 예배당인가?"

"처음 보는 곳이에요."

내 뒤를 따라 수도원에 들어선 우윤아, 자하르, 이엘린 역시 혼란스럽다는 눈빛들이었다.

그중에서도 가장 동요하고 있는 사람은 우윤아였다.

나와는 전혀 다른 이유.

"최원호 마스터, 제 마력이 전혀 움직이지 않아요……!"

수족처럼 사용하던 마력이 꼼짝도 하지 않는 상황에 무척이나 당혹한 표정을 짓고 있었다.

"그야 당연한 것 아닙니까."

나는 하늘을 가리켰다.

창백한 청색 빛깔의 태양.

"여긴 게이트입니다. 지구의 마력은 한 톨도 없지요. 여기서는 당신도 여느 평범한 헌터들처럼 움직여야 할 겁니다."

"……."

내 설명에도 우윤아는 눈살을 찌푸린 채 골똘히 생각에 잠긴 표정을 짓고 있었다.

뭘 고민하는 거지?

그러다가 그녀는 고개를 내저었다.

"아니에요. 지구의 마력이 한 톨도 없다는 건, 정확한 사실이 아니에요. 지금 이곳에도 지구의 마력이 분포하고 있어요. 다만 내 명령에 따르지 않을 뿐이죠."

"지구의 마력이……?"

이 게이트 안에 지구의 마력이 분포하고 있다고?

하지만 내가 느끼기에는 여느 천사계 게이트와 다를 게 없이 성스러운 느낌의 마력만이 흘러넘치고 있었다.

지구와는 속성이 다른 게이트의 고유한 마력.

헌터들은 이것을 받아들인 뒤 마력 체계를 이용해서 정제하고 자신만의 마력으로 변환시켜야 한다.

대부분의 헌터들에게는 거의 알려지지 않은, 각 세계와 고유 마력 사이에 존재하는 밀접한 상관관계였다.

우윤아는 한숨을 내쉬었다.

"아닌가? 아, 혼란스러워요. 일단 갈까요?"

나는 고개를 끄덕였다.

어쨌거나 할 일은 해야 한다.

"시간 낭비할 것 없이 최대한 빨리 공략하겠습니다. 그리고 최대한 많은 경험치를 얻어 갈 겁니다. 다들 준비해."

"오호, 경험치라……! 기대하겠다."

"알겠습니다, 마스터!"

나는 일행을 이끌고 수도원 내부로 들어섰다.

등급외 게이트 '좌천사 제피리노의 수도원'은 전형적인 미로 형태의 게이트였다.

복도와 밀실, 지하 공간이 연속되며 중요 기점마다 미니 보스들이 도사리고 있는 형식.

그러나 길을 찾는 행위 자체에는 큰 의미가 없었다.

시간제한이 있는 것도 아니고, 특별한 함정이 있는 것도 아니다.

등급외 게이트로서 왔던 길을 돌아갈 수 없고, 얼마나 많은 몬스터들과 마주하느냐에 따라 성적이 달라질 뿐.

이런 선택지 앞에서 내가 추구하는 방향은 한결같다.

'최대한 많이, 최대한 빡세게.'

나는 미친 듯이 내달렸다.

그러자 수없이 많은 몬스터가 우리를 향해 쏟아져 나왔다.

새하얀 날개와 광휘를 흩뿌리는 천사종 몬스터들의 습격.

하지만 나는 이미 최적화되어 있다.

[안내 : A등급 몬스터 '상급 교천사종 이브라엘'을 처치했습니다!]
[안내 : B등급 몬스터 '중급 청천사종 베이리스'를 처치했습니다!]

[안내 : A등급 몬스터 '상급 적천사종 에카그라트'를 처치했습
니다!]

[……]

모조리 날개가 꺾이고 머리가 터졌다.

이 정도의 몬스터 웨이브로는 내 속도를 늦출 수조차 없는
것이다.

계속해서 직진하며 나는 뒤를 흘낏 바라보았다.

'다들 잘 따라오네.'

밀물처럼 몰아닥치는 몬스터들을 나 혼자 모조리 사냥할
수는 없다.

뛰어들어 전열을 뭉개고 균열을 파고든 뒤, 내 양익을 받
치고 있는 자하르와 이엘린에게 넘겨주는 순서가 필요했다.

다행스럽게도 그들은 사냥을 즐기기 시작했다.

"크하하하! 빠르군! 빨라! 마치 폭포를 타고 떨어져 내리
는 것 같구나! 최원호……! 더 빨리 속도를 내 보거라!"

"자하르 님! 정신없으니까 조금만 조용히……!"

"왕녀여, 그건 내 맘이다! 으하하하하하!"

'아주 신나셨군.'

두 이계인은 물 만난 고기처럼 실력을 발휘하며 내 뒤를
쫓아오는 중이었다.

그러나 우윤아는 사정이 좀 달랐다.

"답답해……."

마력이 제한된 탓인지 잔뜩 찌푸린 얼굴이었다.

하긴 홋카이도에서 보여주었던 그 어마어마한 파괴력을 휘두르지 못하게 됐으니 답답하긴 할 것이다.

'움직이는 것도 확실히 둔하네.'

그렇다고 1인분을 못하는 상황은 아니었다.

우윤아는 여신과 결합하기 전, 순수 인간이었던 시절에도 꽤 재능 있는 후방 요원의 모습을 보여 주었다.

지금은 그 지점을 십분 활용하여 우리의 배후를 받치면서 우리의 마력을 회복해 주고, 적 방향으로 견제 기술을 전개하는 것에 매진하고 있었다.

그러면서도 표정이 좋지 않으니 신경이 쓰이긴 했지만…….

'빠르게 공략하고 나가면 그만이야.'

다 두들겨 부수면 전부 해결할 수 있다.

나는 더더욱 속도를 올리며 질주했다.

하지만 모든 것이 뒤집히기까지는 그리 오랜 시간이 걸리지 않았다.

거대한 수도원을 공략하기 시작한 지 3시간 무렵이 되었을 때.

눈앞으로 당황스러운 메시지 하나가 툭 떠올랐다.

[알림 : 특성 '야성'이 직관을 발휘하고 있습니다. '위험한 적의 징조'를 포착했습니다.]

서늘한 감각이었다.

확실히 위험했다.

회랑을 돌아나가던 나는 머리 위로 주먹을 들어 올려 일행을 멈춰 세웠다.

'뭐지? 아직 위험한 적이 등장할 시기는 아닐 텐데?'

수도원에 들어왔을 때부터 찜찜했는데, 점점 정도가 심해지는 것이 느껴졌다.

침묵이 감도는 가운데, 나는 팀원들에게 산개를 명령한 뒤 이곳저곳을 살펴보았다.

'돌발 이벤트를 건드린 것도 없고, 함정이 나올 구간도 아니야.'

그럼 뭘까? 알 수가 없다.

별수 없이 다시 전진하기로 결정했다.

하지만 이내 다시 멈출 수밖에 없었다.

바로 내 뒤를 따르고 있던 자하르가 별안간 털썩 쓰러진 탓이었다.

"최, 원…… 호."

앞으로 고꾸라진 자하르는 숨을 할딱거리고 있었다.

"자하르 님! 마스터! 자하르 님이 갑자기……!"

달려든 이엘린이 황급히 마력을 불어 넣었지만 아무런 소용이 없었다.

자하르는 꼼짝도 하지 못한 채 몸이 굳어져 가고 있었다.

"지금…… 뭐, 뭔가 왔……. 아주 거대한 존재가……."

'거대한 존재가 오고 있다고?'

그녀가 중얼거리는 말에 무슨 스치는 것이 있었다.

나는 이 증상을 어렴풋하게 기억하고 있었다.

"거인 감응? 지금 거인 감응을 한 거지?"

"맞, 다……. 그러니까, 어서……!"

도망쳐라?

하지만 갈 곳이 없었다.

이 등급외 게이트는 영원 모래 미로와 마찬가지로 퇴로가 없었으니까.

나는 미간을 찌푸렸다.

'도대체 뭐가 왔길래 자하르가 쓰러진 거지?'

거인족은 하나하나가 드래곤에 가까울 만큼 거대하며 신화적인 존재다.

그렇기에 다른 거대한 존재를 마주했을 때 본능적으로 '감응'을 일으킨다.

대존재 사이에 공명이 일어나는 현상이었다.

여기서 밀리게 되면 정신적인 대미지를 입는데, 상대와 격의 차이가 크게 날수록 대미지도 커진다.

'그런데 거인왕이 쓰러졌다⋯⋯.'

지금은 인간의 몸을 빌린 상태라고는 하나, 그래도 자하르는 '산맥 포식자'이며 '녹왕'이었다.

어지간한 드래곤도 한 수 접어줄 만큼 높은 격의 존재인데, 이렇게 무력화되다니.

오싹한 전율이 피부를 건드린 것은 바로 그때였다.

[경고 : 미니 보스 '역천사 소피아'가 등장합니다!]

수도원 안으로 새로운 존재가 틈입했다.

그것을 느낀 나는 세비지 에너지를 한껏 끌어 올렸다.

설명할 시간 따윈 1초도 주어지지 않았다.

"피해!"

[스킬 : '뇌체화'.]

나는 고함을 내지르며 자하르의 팔을 붙잡고 후방으로 공간을 건너뛰었다.

그 순간, 좌측 벽면이 폭발하며 이엘린과 우윤아를 후려쳤다.

두 사람은 각기 폭탄을 맞은 것처럼 튕겨나갔다.

'설마 당한 건 아니겠지?'

돌볼 틈이 없었다.

나는 전력을 다해 권능을 쏟아 냈다.

[권능 : '해결사 황소의 뿔'.]

이마를 뚫고 나온 뿔에서 강력한 파장이 솟구치며 방어막을 형성했다.

밀고 들어오는 상대의 진로를 읽고 마력으로 엮어서 움직임을 제한하는 테크닉이었다.

그때, 몸을 벌떡 일으킨 이엘린이 활을 뽑았다.

충격이 컸는지 얼굴이 피투성이였다.

"잠깐! 기다려! 지금은 어그로가 튄다고!"

고위 천사종들은 물질계에 본체를 두지 않기 때문에 물리적인 실체를 확정짓기 위해서는 특수한 작업이 선행되어야 한다.

물질계 좌표부터 부여하는 것.

투명화된 상대에게 재를 끼얹어 실체를 만들어 내는 것과 비슷한 작업이었다.

그렇기에 나는 황소의 뿔을 유지하면서 미니 보스의 위치부터 제대로 잡아내기 위해서 노력하고 있었다.

더구나 탱커가 부족한 우리의 인원 구성에서는 천사종의 발부터 묶어 놓아야 딜을 박아 넣더라도 감당이 되리라는 판단이었다.

한데 이상한 일이 벌어졌다.

휘이이이익.

"이엘린 왕녀!"

"……."

내가 고함을 질렀는데도 이엘린은 아랑곳하지 않고 활시위를 당겼다.

설마 자하르가 다쳐서 흥분한 건가?

'둘이 그렇게 친했어?'

갑자기 왜 이러는 건지.

나는 재빨리 해결사 황소의 뿔을 거두어 들였다.

차라리 미니 보스에게 한 대 맞더라도 위치를 잡아 내고 이어지는 후속 공격을 묶어야 했다.

여기서 제대로 손쓰지 못하면 이엘린이 공격당할 것이다.

파캉! 츠츠츠츠…….

마력 공급이 줄어들자 황소의 뿔이 만든 방어막이 와르르 무너지고, 희뿌연 안개 속에서 신성함으로 무장한 인간형 천사가 등장했다.

놈의 황금빛 눈이 나를 향해 번쩍인 바로 그 순간.

"그렇군. 이제 알겠어."

"……?"

어디선가 우윤아의 목소리가 들렸다.

그러더니 시커먼 그림자 하나가 역천사 소피아를 향해 번개처럼 달려들었다.

화살은 그 순간 쏘아졌다.

[스킬 : '멸마사'.]

피유우우우우우ㅡ!

사특함을 지우는 요정 왕녀의 화살이 역천사 소피아의 머리통을 꿰뚫었다.

놀랍게도 미니 보스는 꼼짝도 하지 못하고 허무하게 거꾸러졌다.

달려든 그림자에 몸이 묶인 탓이었다.

사냥이 성공했음을 알리는 시스템 메시지들이 줄줄이 떠올랐다.

[안내 : 미니 보스 '역천사 소피아'를 처치했습니다!]

[보상 : 미니 보스를 처치한 보상으로 '상당한 경험치'를 획득했습니다.]

[보상 : 특별한 방법을 이용하여 처치했으므로 보상에 보너스가

주어집니다.]

[알림 : 칭호 '배교자'가 복구됩니다!]

[알림 : 레벨이 올랐습니다!]

[알림 : 레벨이 올랐습니다!]

[알림 : 레벨이 올랐습니다!]

[……]

순식간에 벌어진 일에 나는 어안이 벙벙했다.

이런 일은 처음이었다.

내가 손도 대지 못하고 팀원이 공격당한 일이나.

나는 손도 대지 못했는데 사냥에 성공한 것이나.

"뭐야, 이게……?"

멍하니 돌아보니 인간 여자의 탈을 쓴 거인왕은 완전히 정신을 잃고 눈을 감은 상태였다.

다행히 살아 있긴 했다.

나는 자하르의 상태를 체크하느라 중대한 문제들을 미처 깨닫지 못했다.

미니 보스를 잡은 것 치고 너무 많은 경험치가 주어졌다는 것.

그리고 우윤아가 어디에도 보이지 않는다는 것.

"이엘린! 내 옆으로 와!"

일단 나는 멍한 표정을 짓고 있는 요정 왕녀부터 다그쳐 움직이게 하려고 했다.

그녀는 직접 활을 쏜 것이 믿어지지 않는다는 듯이 어리둥절한 눈빛이었다.

"이리 오라고!"

내가 고함쳤지만 이엘린은 움직이지 않았다.

어쩐 일인지 한 발짝도 움직이지 않은 채, 무척이나 슬픈 표정으로 나를 바라보고 있었다.

바로 그때.

[경고 : 최종 보스 '치천사 미카엘'이 등장합니다!]

……치천사 미카엘?

그런데 이놈이 여기의 최종 보스라고?

아니, 그럴 리가 없는데?

'여긴 좌천사 제피리노의 수도원이잖아? 게이트 보스 사냥은 선택 사항인 등급외 게이트고.'

도대체 무슨 상황인지 점점 알 수가 없다.

에너지 소모가 크겠지만, 신성을 이용해서 게이트의 작동 방식 자체에 손을 대야 하나?

내가 이맛살을 찌푸리며 살짝 몸을 일으킨 그 순간.

쾅―!

별안간 시야가 하얗게 명멸하며 모든 것이 증발했다.

감히 언어로 형용할 수 없는 백색의 섬광.

거기에 휘말린 이엘린과 자하르의 육체가 갈가리 찢겨지기 시작했다.

허리께에서 떨어져 나간 해청도 마찬가지.

-주, 주인! 으아아아!

"......!"

심지어 내 몸을 휘감고 있던 융견마저도 조각조각 쪼개지고 있었다.

나는 미친 듯이 마력을 방출하며 손을 내뻗었지만 잡히는 것은 아무것도 없었다.

오히려 나 자신마저도 산산이 분해되는 듯 의식이 휘발되어 가고 있었다.

하지만 그 와중에도 한 가지는 분명히 보였다.

'영하 누나? 누나!'

낯익은 사람의 실루엣.

내가 그토록 그리워했던 사람의 잔영이 창백한 광채의 저 너머에서 어른거리고 있었던 것이다.

❧

그때 우윤아는 게이트 바깥으로 빠져나오고 있었다.

더는 '허상'에 발이 묶여 있을 필요가 없음을 깨달았기 때문이었다.

그녀는 자신을 찾아온 손님의 존재를 분명하게 지각하고 있었다.

참으로 시기적절하게 찾아온 옛 배신자.

"오랜만에 뵙습니다, 수호자이시여."

"당신이군요, 존."

존 메이든.

한때 인류의 희망이라고 불렸으나 지금은 신인류 진영에 가담하여 지구를 전쟁터로 만들고 있는 남자.

그가 태평양을 건너 이곳에 와 있었다.

"우선 내려가시죠."

존 메이든이 바다를 향해 손바닥을 펼치자 수면 위로 작지 않은 지면이 솟구쳤다.

단숨에 섬을 만들어 낸 것이다.

"……."

우윤아는 존 메이든이 마력을 부리는 과정을 관찰하며 천천히 움직였다.

역시나 지금 상대가 사용하는 힘은 이 세상의 것이 아니었다.

계외자들과 손을 잡고 제공받은 미증유의 거력이 행사되고 있었다.

"……수호자이시여."

먼저 지면에 발을 디딘 존 메이든의 표정은 복잡 미묘했다.

"인간과 하나가 되셨다는 첩보를 받았을 때는 믿지 못했는데, 정말이었군요."

믿음?

"나도 당신이 우릴 등졌다는 이야기를 들었을 때 믿지 못했어요. 사실은 여전히 믿지 않고 있지요. 여전히 당신이 좋은 사람이라고 생각하니까요."

"그것 참 인간적인 말씀입니다."

"이제 절반은 인간이잖아요?"

"진작 그러셨다면 모두에게 좋았을 텐데 말입니다. 저희는 언제나 지켜보기만 하는 당신께 지쳤었습니다."

"존, 지나간 시간을 돌아보는 건 무의미해요."

"……."

두 사람을 서로를 향해 가시가 있는 말을 주고받았다.

잠시 침묵하던 존은 가볍게 웃었다.

그리고 상공에 열린 미니 게이트의 입구를 짧게 일별했다.

"최원호 헌터는 여전히 게이트 안에 있는 모양입니다. 그도 슬슬 진실에 대해 알아차릴 때가 되었겠군요."

"그렇겠죠. 아니, 실은 이미 알고 있는 것 같기도 해요."

"하기야 '종결자'야말로 인간이 아니라 신에 가까울 테니까요."

"그는 '영원'이에요, '종결자'가 아니라."

"아뇨, 반드시 종결자가 되어야 합니다."

"……."

이번에는 우윤아가 입을 다물었다.

그녀는 눈을 가늘게 뜨며 오래된 질문들에 대해 생각했다.

'게이트는 본질인가, 환상인가?'

'이 재앙은 세계를 옮겨 다니며 영원히 존재하는 것인가, 아니면 언젠가 모두 종결되는 것인가?'

어느 쪽으로도 감히 답하기 어려운 질문이었다.

차원의 장벽을 뚫고 태평양에 '모뉴먼트'와 최초의 게이트가 만들어진 뒤, 지구에는 게이트라는 불가사의가 시작되었다.

지구의 마력을 주관하는 여신으로서는 완전무결했던 차원의 장벽이 대체 어떻게 뚫린 것인지 이해할 수 없었다.

만약 그녀의 장벽이 뚫리지 않았다면, 타계의 마력이 흘러들어와서 지구의 무결한 마력이 더럽혀지는 일 따위는 결코 일어나지 않았을 것이다.

하지만…….

'게이트 사태가 시작되지 않았다면 마력의 화신인 내가 스스로 깨달을 수 있었을까?'

계란이 먼저인가, 닭이 먼저인가.

이 역시 오래된 의심이었다.

모뉴먼트와 함께 최초의 게이트가 만들어졌기 때문에 '최초의 마력'이 존재하게 된 것이 아닌가.

그러므로 여신이야말로 게이트 사태의 가장 큰 부산물이 아닐까.

그녀로서는 스스로 답을 내릴 방법이 없는 문제였으며, 오랫동안 자신을 괴롭히던 의문이었다.

그런데 깨달음은 뜻밖의 순간에 찾아왔다.

새로운 질문을 생각하고 있을 때였다.

'……그렇다면 세계와 게이트는? 어느 쪽이 먼저 존재했던 거지?'

신인류가 활동을 시작하고 페이즈 2가 시작된 이후, 게이트는 서로 다른 차원들 사이를 잇는 통로로 여겨지고 있었다.

그전에는 우리 세계를 덮친 불가항력의 재난 같은 것이었고.

'그러니 사람들은 게이트를 언젠가 사라질 일시적인 현상으로 생각했다. 당연히 우리 세계가 먼저 존재했던 것으로 인지하고 있었어.'

지구의 모든 마력적 사건들을 관찰하는 수호자인 자신조차도 마찬가지였다.

그러나 모두가 놓친 것이 있었다.

게이트 바깥에 놓인 '무저갱'이 바로 그것이었다.

우윤아는 등급외 게이트 안에 감도는 미묘한 마력에 대해 생각하다가 그것을 깨달았다.

'그래, 가장 먼저 존재했던 것은 바로 무저갱이었어. 각 세계나 게이트가 아니라.'

바닥에 깔릴 토대부터 있어야 '사람이 사는 방'이나 그 사이를 잇는 '통로와 문'이 만들어질 수 있다는 것.

그러므로 모든 세계와 게이트들은 같은 기원을 두고 있는 셈이다.

저 아득한 무저갱으로부터 비롯된 마력을 공유하고 있는 한, 각 세계가 연결되는 것은 피할 수 없는 필연적인 현상이기도 했다.

신인류의 계외자들은 애초부터 그것을 예지하고, 먼저 총을 뽑아야 한다고 주장하고 있었던 것이다.

'세계와 게이트의 선후 관계를 구별할 수 없다면, 그 질문은 무의미하겠군.'

닭이 먼저인지 계란이 먼저인지 질문하는 것이 의미가 없는 것처럼 말이다.

애초에 원이라는 도형에는 시작도 끝도 없는 법이었다.

이제 우윤아에게는 오로지 한 가지 의문만이 남아 있었다.

……영원.

'모든 우주를 만들어 내고 무저갱 위에다 세계와 게이트들을 엮어 낸 창세의 존재.'

그가 도대체 무슨 생각으로 이 모든 비극을 안배한 것인지 궁금했다.

어째서 각종 세계와 게이트 시스템을 공존하게 만들어서 수없이 많은 혼란과 죽음을 유도하고 있는 것인가.

만약 최원호가 이 세계의 게이트들을 모두 닫고 새로운 신의 조각을 획득할 수 있다면……?

'그가 새로운 영원이 되어 모든 게이트를 끝낼 수 있지 않을까?'

우윤아의 희망이었다.

하지만 존 메이든이 그녀를 찾아온 이유는 정반대의 이야기를 하기 위해서였다.

"신인류의 계외자들은 최원호 헌터를 제거하기로 결정했습니다. 설령 이 지구를 완전히 파괴하는 한이 있더라도 말입니다."

"뭐라고요?"

"페이즈 3은 영원히 오지 않을 겁니다. 그를 시스템 안에 가둬 놓고 죽여야 하니까요. 어떤 희생을 치르더라도 그렇게 될 겁니다."

"……!"

"그러니 당신께서도 결정하셔야 합니다. 그를 택할 것인지, 아니면 이 세계의 존속을 택할 것인지."

"그와 함께 존속하는 것을 택하겠다면요?"

"불가능합니다."

"어째서!"

차갑게 굳은 우윤아를 향해 존 메이든은 음울할 목소리로 덧붙였다.

"수호자이시여, 지금 그는 완전히 '영원'이 아니지만 처음부터 영원이었습니다. 하지만 이제는 종결자가 되어야만 합니다."

기괴한 선문답.

우윤아는 미간을 찌푸렸다.

"존, 지금 나와 말장난을 하는 건가요?"

"우리는 미래를 보았습니다."

"미래?"

"언젠가 최원호는 5개의 조각을 모아서 완전한 신격에 도달하게 됩니다. 야수계, 우리 세계, 요정계, 거인계, 그리고 악마계까지. 하지만 그로 인해 모든 세계가 불멸 회귀에 휘말리게 되지요."

"불멸 회귀라니? 도대체 지금 무슨 말을 하고 있는 건가요!"

"그건……."

잠시 말을 멈춘 존 메이든이 손짓하자, 누군가가 공간 이동을 통해 허공을 뚫고 훌쩍 나타났다.

등장한 이의 얼굴을 알아본 우윤아는 당혹스러워할 수밖

에 없었다.

"텐류? 당신은 죽었을 텐데?"

"하하, 죽은 자 가운데서 다시 살아났지요."

"……."

냉막한 분위기에 어울리는 즐겁지 않은 농담.

대체 뭐가 어떻게 되고 있는 거지?

우윤아는 말없이 그들을 노려보았다.

그러자 존 메이든의 입이 다시 열렸다.

"수호자이시여."

세계를 둘러싼 모든 질문에 대한 해답이 주어진 것은 바로 그때였다.

"정말 모르시겠습니까? 모든 타계는 우리 세계의 미래입니다. 그리고 게이트는 시간의 통로지요. 차원은 허상에 불과합니다."

나는 천천히 몸을 일으켰다.

어딘지 낯익은 풍경이 눈에 걸렸다.

"여긴……."

집이잖아?

아니, 우리 집은 아니었다.

똑같은 구조지만 확연하게 다른 인테리어.

'그래, 여긴 옆집이야.'

즉, 철만 아저씨의 댁이었다.

옛날에는 영하 누나와 함께 살았던 집이기도 하고.

지금 나는 옆집의 한복판에 드러누워 있었다.

팀원들은 물론이고, 해청도 용견도 없이, 예전 그때처럼 평범한 차림으로.

"뭐지? 어떻게 된 거지?"

"잘 지냈니?"

"……!"

나는 말 그대로 튀어 올랐다.

우리 집이었다면 신우가 라면을 끓이고 있었을 부엌에서, 완전히 다른 인물이 빙그레 웃음을 짓고 있었다.

"누나? 저, 정말 누나야?"

"내가 나지, 누구겠어? 원호 씨?"

그래, 원호 씨.

영하 누나는 나를 그렇게 불렀었다.

그녀의 눈웃음은 여전했다.

차원 역류에 휘말려 사라지기 전 그때처럼, 영하 누나는 시원스러운 입술로 나에게 미소를 보내오고 있었다.

결국 나는 털썩 주저앉고 말았다.

"빌어먹을……. 환상이겠지? 아니면 꿈이거나. 하지만 이렇게 생생한 건 처음인데."

"원호 씨."

"하지만 어쩌면 이게 바로 내가 원했던……."

"최원호 씨!"

"……?"

"나를 잘 봐. 꿈 아니야. 물론 환상도 아니고. 난 다른 지구에서 살아 있었어. 미카엘의 게이트에 휘말려서였을까? 천사계라는 차원에 떨어졌는데……. 흠, 어쩌다 보니 살아남았어. 원호, 너와 마찬가지로 말이지."

"……!"

나는 벌떡 몸을 일으켰다.

그렇다면 영하 누나도 천사계의 게이트 사태를 다 끝내고 지구로 돌아온 걸까?

하지만 다음 순간.

[알림 : 특성 '야성'이 직관을 발휘하고 있습니다. '위험한 적의 징조'를 포착했습니다.]

나는 찌릿거리는 기시감을 느끼고 있었다.

감각의 발원지를 찾는 것은 굳이 멀리 갈 필요가 없었다.

눈앞에 있는 영하 누나가 바로 그 '위험한 적'이었다.

"……너, 뭐야? 누나가 아니지?"

"맞아."

"지랄 마! 아니잖아!"

"맞아, 나야. 비록 많이 달라졌지만, 나는 180년 전에 너와 함께 울고 웃었던 그 사람이야."

"뭐?"

180년이라니?

가만히 입술을 다문 영하 누나가 부엌에서 천천히 걸어 나왔다.

그리고 나는 경악할 수밖에 없었다.

그녀가 아일랜드 테이블을 돌아 나온 순간, 숨겨져 있던 하얀 날개들이 일제히 펼쳐졌기 때문이다.

"천사종……?"

확실하게 느낄 수 있었다.

8개의 날개로부터 선명한 성화의 힘이 뿜어져 나오고 있었다.

영하 누나가 희미한 웃음을 지었다.

"그래, 지금의 난 인간이 아니라 천사종이야. 나는 인간으로서 죽은 뒤에 천사종의 육체를 입었어."

"죽었다고……?"

"그건 150년 전의 일이야. EX급 게이트를 공략하다가 어떤 늑대인간에게 목을 물렸거든? 사실은 피할 수 있었는데, 그러고 싶지가 않았어. 그래서 목을 내줬더니, 나를 한 방에

물어 죽이더라. 인정사정도 없이 말이야."

"왜? 어째서 죽으려고 한 거야?"

"그 늑대인간이 너였으니까. 혹시라도 날 알아보지 않을까 생각했는데, 안타깝게도 잘못된 생각이었어."

"……!"

게이트에서 몬스터인 나를 만났다니.

머릿속이 하얗게 되는 기분이다.

할 말을 잃은 나를 보며 영하 누나는 처연하게 웃었다.

"원호 씨, 그때는 넌 게이트 보스였어. 엄청난 숫자의 수인종 몬스터들을 거느린 반인반수의 괴물이었지. 나를 포함해서 엄청난 숫자의 천사종 헌터들이 죽어 나갔어."

"……."

"알아. 그건 네 진체가 아니고 게이트에 의해 복사된 허상체라는 것. 거짓된 사명을 주입받고 게이트에서 싸우기 위해 이루어진 존재라는 것…… 나도 다 알고 있어."

사뿐사뿐 걸어온 그녀가 내 뺨 위에 손끝을 올렸다.

창백한 손가락은 얼음처럼 차가웠다.

그러면서도 이글거리는 듯 뜨겁기도 했다.

천사종으로서 가진 성화의 효과인 것이다.

'정말로 누나가 천사종이 됐다는 건가? 이젠 인간이 아니라고?'

그럼 난 도대체 뭘 위해서 이 빌어먹을 전쟁을 하고 있는 거지?

미쳐 버릴 것 같은 기분으로 영하 누나의 눈동자를 멍하니 바라보고 있던 그 순간.

"원호 씨…… 아니, 최원호 헌터."

차가운 손가락이 아래로 향했다.

섬뜩함에 오한이 돋았다.

영하 누나는 내 심장 위에 손가락을 올린 채 요구했다.

"거신의 조각을 나에게 줘. 그러고 죽어. 나를 사랑했다면 제발…… 이렇게 부탁할게."

그 말에 나는 숨을 멈출 수밖에 없었다.

‹‹‹

……최원호와 지구 세계 사이에서 선택을 하라고?

우윤아에게는 고민할 것이 없는 이야기였다.

"우스운 제안이네요. 우리 세계에서 가장 위대한 헌터를 버리라니, 그런 세계가 얼마나 유지될 수 있을까요? 설령 존속을 택한다 한들 그게 의미가 있나요?"

"그럼 최원호를 택하겠다는 말씀이시군요."

"네, 당신의 이야기 자체가 어불성설이니까요."

"분명 후회하게 될 겁니다."

"후회라……. 그건 그럴지도 모르겠어요. 내 절반은 인간이니까요. 후회야말로 가장 인간다운 행위더군요."

여신에게서 인간답다는 이야기가 나오다니.

"하하하……."

존 메이든은 말없이 웃었다.

즐거움에 의한 웃음 따위는 아니었다.

순전히 허탈함과 허망함에 의한 쓴웃음.

"그럼 가십시오. 오늘은 한때나마 당신을 사랑했던 인간으로서 보내 드리겠습니다."

"지금 내가 두려운 건 아닌가요?"

"글쎄요."

우윤아가 도발을 감행했지만 존 메이든은 휘말리지 않았다.

그는 조용히 뒤를 돌아보았고, 되살아난 텐류가 비릿한 웃음과 함께 마력을 움직였다.

이번에도 역시 타계의 마력.

휘오오오오오오!

상공에 광풍이 몰아치기 시작했다.

타계의 마력에 의해 대기가 대류하는 모습은 마치 지구의 하늘을 우롱하는 것처럼 느껴졌다.

'다른 지구들이 사실은 미래의 지구라고?'

받아들이기 어려운 이야기였다.

입을 꾹 다문 우윤아를 향해 존 메이든은 작별을 고하며 이렇게 말했다.

"며칠 걸리지 않을 겁니다. 신인류의 계외자들은 우리 지구를 전부 파괴해서라도 최원호를 처단할 겁니다."

"훗날 신이 될 인간을 미리 죽이겠다?"

"네. 그래야 이 쳇바퀴를 멈출 수 있을 테니까요. 그럼 다시 뵙죠. 그땐 나에게 영멸을 당할 것을 각오해야 할 겁니다."

영원한 소멸을 경고한 남자는 몸을 띄워 돌풍 속으로 섞여 들었다.

그렇게 존 메이든과 텐류가 우윤아의 시야에서 완전히 사라진 순간.

"……?"

그녀는 귓가를 스치는 또 하나의 새로운 마력을 감지했다.

타계에서 흘러들었음이 분명한 낯선 향기의 흐름.

그러나 우윤아는 그것을 추적할 수 없었다.

'게이트가 사라진다?'

아직 최원호와 헌터들이 빠져나오지 못했는데…….

[안내 : 등급외 게이트 '좌천사 제피리노의 수도원'이 폐쇄됩니다!]

게이트의 폐쇄가 시작되었다.

우윤아는 입술을 꾹 깨물 수밖에 없었다.

나는 입술을 비틀었다.

"나더러 죽어 달라고?"

"그래."

"지랄하고 있네. × 까는 소리 하지 마."

"원호 씨."

"원호 씨는 씨발……. 너도 가짜구나? 그럼 그렇지. 근데 데이터 수집이 잘못된 모양인데, 영하 누나가 나한테 죽어 달라고 지껄일 사람이냐? 뭐 그래도 이번엔 꽤 그럴싸했어."

"……."

"이번엔 누나네 집까지 준비해서 하마터면 깜빡 속을 뻔했거든? 그런데 어쩌지? 아무리 그래도 죽어 줄 순 없어서. 거신의 조각이 갖고 싶다고? 정 그러면 직접 꺼내서 가져 가."

"직접 꺼내라고?"

"물론 날 이기고 가슴을 갈라야겠지만!"

덥석!

나는 상대의 손목을 붙잡는 것과 함께, 잠자고 있던 모든 힘을 일으켰다.

마력이 전신을 일주하면서 순환 체계를 뜨겁게 데우고, 응축되어 있던 세비지 에너지가 용트림을 하며 몸 밖으로 밀려 나왔다.

그리고 신성이 움직였다.

[알림 : '신성'이 전개되고 있습니다.]
[안내 : 현재 공간의 논리 구성에 간섭합니다.]
[정보 : 구조적 허상을 해체하는 중입니다……]

와르르르르!

아파트 전체가 뒤흔들리며 집기들이 요란하게 떨어 댔다.

하지만 영하 누나의 눈동자는 나를 고요하게 바라보고 있었다.

'저것도 연기야. 전부 연기라고.'

분노가 끓어오르면서 전신에서 세비지 에너지를 치솟는다.

눈앞이 시뻘겋게 변할 정도였다.

나는 힘을 휘둘렀다.

'전부 지워 버린다.'

마치 지진이 일어난 것처럼 요동을 치는 한복판에서 나는 하나씩 지워 내기 시작했다.

우리가 머그컵을 꺼내서 코코아를 타 먹던 선반을 지워 버리고.

나란히 앉아서 철 지난 영화를 보던 소파를 날려 버리고.

철만 아저씨와 함께 조립해서 설치했던 싸구려 원목 탁자를 날려 버렸을 때.

짜악!

"……!"

그녀의 손바닥이 내 뺨을 후려쳤다.

전신에서 마력을 회전시키고 있던 나조차도 반응하지 못했을 만큼 어마어마한 속도의 일격.

동시에 성화의 힘이 머릿속으로 파고들었다.

"끄아아아악!"

"참아."

"그어어억…….."

고위 천사종은 성화를 물화하여 촉수처럼 부리기도 하고, 마력적 매개로 사용하기도 한다.

그리고 매개가 된다는 것은 무언가가 전달되어 넘어온다는 뜻이다.

나는 머릿속이 타들어가는 듯한 감각 속에서 기이할 정도로 선명한 장면들을 보고 있었다.

차원 역류에 휘말린 영하 누나가 그곳에 있었다.

그리고 그녀의 상념들.

[……정신을 차려 보니 완전히 새로운 세계에 와 있었다. 통제를 맡았던 천사 계열 몬스터들이 거주하는 곳인 것 같다. 그런데 어째서인지 이들은 전혀 적대적이지 않다.]

천사계에 떨어진 직후의 순간과 고민.

[……천사종은 우리 세계의 사람들이 상상하던 모습이면서도 고유한 사회를 이루고 있었다. 그리고 이들도 헌터로서 게이트를 공략하고 있었다. 그렇다면 게이트에서 우리가 죽인 천사종 몬스터들은 뭐였을까.]

천사종과 우리의 세계 사이의 관련성에 대한 고민들.

[……수인 계열의 EX급 게이트를 공략하다가 원호와 똑같이 생긴 보스 몬스터에게 당했다. 치천사 메타트론이 그를 처치했지만, 나는 회복이 되지 않을 것 같다. 어쩌면 인간의 몸을 버려야 할지도 모른다…….]

인간의 육체를 버릴 수밖에 없었던 시기.

[……레벨 300을 달성한 미카엘이 END급 게이트에 도전하겠다고 천명했다. 이 세계에서 게이트를 완전히 몰아낼 수 있을까?]

마지막 게이트에 도전하던 순간.

[……우리는 거신의 조각을 통해 세계의 과거와 미래, 무저갱에

숨겨진 비밀들을 들춰 보았다. 내가 인간이었던 시절의 기억 속에 남겨져 있는 최원호의 얼굴이 그곳에 있었다. 미카엘은 그가 바로 게이트를 만든 거신, '영원'의 아신체라고 설명했다······.]

그리고 나에 대해 생각하고, 제거해야 한다는 결정을 내리던 과정까지.

지금까지 그녀가 쌓아온 모든 기록이 나에게 전해져 오고 있었다.

180년의 역사.

"이건······."

나는 천천히 무너져 내렸다.

더 이상은 부정할 수 없었다.

내 앞에서 성화를 일으키고 있는 이 천사종의 한때 인간이었던 영화 누나라는 것을.

이제는 받아들여야만 했다.

"그래도 못 믿겠니? 다른 것도 보여 줄까?"

"그만해. 그만······."

나는 그녀의 손을 뿌리쳤다.

해일처럼 밀려들던 성화는 세비지 에너지를 일으켜 막아냈다.

"······."

을씨년스러운 침묵이 흘렀다.

사실은 이 공간에서 눈을 뜬 그 순간부터, 나는 이 결말을 예견하고 있었던 것 같다.

　내 앞의 이 사람이 진짜든 아니든, 이렇게 마주하게 되는 것은 그 자체로 비극일 수밖에 없었다.

　영하 누나를 구해 내겠노라고 야수계에서 돌아온 나의 각오가 모조리 물거품으로 돌아간 셈이었으니까.

　나는 멍하니 입을 열었다.

　"180년이라고?"

　인간의 감각으로는 가늠조차 할 수 없는 어마어마한 시간.

　"원 지구와 먼 시점의 미래일수록 시간이 더 빠르게 흘러. 네가 있었던 야수계에서는 50년 정도 흘렀겠지?"

　"4년이 44년이었어."

　"우리 원호 씨도 나이를 많이 먹었네."

　"그래도 난 여전히 인간이야. 야수계의 제왕이었고."

　"대단하네. 난 천사계에서 수권 천사가 되진 못했거든. 천사종의 수권자는 미카엘인데, 300년 동안 단 한 번도 바뀌지 않은 지도자야."

　"나도 알고 있어. 다 봤으니까."

　"그래. 그렇겠구나."

　대화를 주고받을수록 마음이 무너져 내리는 기분이었다.

　내 눈앞에 있는 사람은 분명 내가 알던 영하 누나였지만 사실은 완전히 다른 존재라고 봐야 했다.

애초에 인간조차 아닌, 완전히 다른 종이었다.

'윤수가 천마의 영혼과 결합했을 때 이런 마음이었겠구나.'

나는 씁쓸한 마음으로 모든 힘을 흩어버렸다.

지금 이곳에서 이 천사종에게 대항하는 것은 무의미했다.

"누나, 레벨이 300이라고?"

"알다시피. 벌써 100년도 넘은 일이야. 천사계에선 레벨을 따지는 것 자체가 무의미해. 천사종은 수명이란 게 없고, 게이트 사태가 끝난 뒤로는 딱히 싸울 일도 없었으니까."

여러 가지 의미로 어마어마한 존재였다.

나는 이들과 맞서기 위해서는 내 전성기 시절의 레벨이 필요했다.

지금은…….

'싸움 자체가 성립되지 않겠어.'

물론 신성을 이용해서 이 공간을 무너뜨리는 방법도 있다.

하지만 무저갱 안으로 함께 떨어지면 어떤 일이 벌어질지 나 역시 예상할 수가 없었다.

그러니 당장의 내 생살여탈권은 영하 누나의 손에 달린 셈.

여전히 아름다운 얼굴을 바라보며 나는 헛웃음을 지었다.

'일이 이렇게 될 줄은 몰랐는데.'

모르겠다.

더 이상 생각하고 싶지 않다.

나는 그녀를 향해 말했다.

"자, 꺼내 가."

"……"

"어차피 지금 나 정도는 갖고 놀 수 있을 텐데 뭘 망설여? 내 손으로 줄 순 없으니 가슴을 가르고 꺼내 가라고."

그러자 영하 누나는 표정을 숨기려는 듯 살짝 고개를 숙이며 말했다.

"아니, 넌 그냥 시스템을 통해 명령하기만 하면 돼. 그럼 거신의 조각이 나에게 이양될 거야. 그러고 나서……."

"그리고 죽으라고?"

"소멸이야. 거신의 조각을 잃으면 너는 영원히 소멸하게 될 거야."

"흠."

나는 뭔가를 깨달았다.

"눈치를 보니 내가 시스템을 통해 이양 명령을 하지 않으면 거신의 조각을 빼앗을 방법이 없는가 봐? 그렇지?"

나를 제압할 수 있는 레벨 격차를 가지고 있으면서 강제로 행동하지는 않는다.

강제로 거신의 조각을 빼내어 갈 수는 없다는 뜻이었다.

나는 고개를 기울였다.

"내가 싫다고 하면? 날 고문할 건가? 고통에 몸부림치게 만들면서 강요할 거야? 그래도 소용없어. 마찬가지일 테니까."

　고문만큼 비협조적인 상대를 다루기에 효율적인 수단은 없었다.

　나와 거래를 하는 방법도 있겠지만, 거신의 조각을 넘겨준 뒤에 죽어 줘야 한다는데 나에게 어떤 거래를 제안할 수 있을까.

　다행스럽게도 내게는 몇 가지 방법이 있었다.

　상대가 손을 대기 전에 내 자신을 즉시 터트릴 수법들.

　'대미지가 제대로 들어가면 동귀어진을 노려 볼 수도 있겠지.'

　하지만 내가 자폭을 선택하는 일은 없었다.

　"아니, 원호 씨. 나는 부탁을 한 거야. 강요가 아니라, 부탁이었다고."

　"……?"

　"그럼 거절한 것으로 생각할게. 산 채로 심장이 찢기거나 고문당하는 한이 있더라도 신의 조각을 내놓을 수는 없다는 이야기일 테니까."

　"누나, 울어? 아니, 웃는 건가?"

　영하 누나는 기이한 표정을 짓고 있었다.

　그녀의 얼굴은 분명 웃고 있었지만 두 눈동자에서는 눈물이 흘러넘치면서 뺨을 적신다.

　"원호 씨, 너는 언젠가 '영원'이 될 거야. 모든 세계에 전쟁을 심어 주고 영원한 대결을 종용하는 거신의 운명. 불멸 회귀의 당사자…….”

“…….”

나는 아무런 말도 할 수 없었다.

이제 천사종들이 알고 있는 것은 나 또한 알고 있었다.

‘각 차원에 흩어져 있는 거신의 조각을 모으면 그 신격을 가질 수 있게 된다.’

그리고 그 신격은 무저갱 위에 존재하는 게이트와 차원들이 충돌하며 일어나는 마력의 순환으로 유지된다.

[더 강해지고, 더 높은 곳을 향해 다가가려는 자들의 욕망이 곧 ‘영원’에게 봉헌되는 신앙이며, 땅 위에 뿌려지는 피와 살이 ‘영원’에게 바쳐지는 제물일지니…….]

누군가 ‘영원’의 신격을 쟁취하려 한다면 게이트와 전쟁은 필연적으로 일어난다.

그러니 헌터가 존재하면 게이트가 존재하게 되는 것이다.

천사계에서 조사한 바에 의하면 그러했다.

어디서 시작됐는지 모를 악순환.

“차원의 분화는 피할 수 없는 현상이었어. 우리가 함께 살았던 지구를 기점으로, 세계는 각기 다른 시간과 운명을 가지게 되었고…… 인류가 멸망한 이후에는 새로운 아인종들이 뿌리를 내리고 융성했지. 모든 세계는 사실 원 지구의 미래 형태였던 거야."

영하 누나가 자신의 몸속으로 손을 밀어 넣은 것은 바로 그 순간이었다.

우드득!

강인한 천사종의 육체가 너무나 쉽게 찢겨 나가며 내부를 드러냈다.

"자, 받아."

그녀는 나에게 뭔가를 내밀었다.

나는 떨리는 손으로 그것을 받아 쥐었다.

"어째서……?"

탈각의 뉴비

그녀가 자신의 가슴 속에서 끄집어낸 것은 심장이었다.

여전히 살아 있는 인간의 심장이 내 손가락 사이에서 맥동하고 있었다.

그런데 힘이 느껴졌다.

나로서는 착각할 수 없는 신비한 공력이 날카로운 파동을 일으키고 있었다.

'신성!'

틀림없었다.

내가 가진 거신의 조각이 이 심장의 한복판에서 파동을 일으키고 있었다.

나는 떨리는 눈을 들어 영하 누나를 멍하니 바라보았다.

"왜……?"

그것은 여러 개의 질문들이 한데 뒤엉켜 만들어진 거대한 물음표였다.

천사종의 기록을 엿본 나로서도 이해할 수가 없었으니까.

'어째서 영하 누나가 거신의 조각을 가지고 있는 것일까? 왜 이걸 나에게 넘겨주는 거지?'

무엇보다 시스템으로 명령을 내리기만 하면 조각을 양도할 수 있다고 했으면서.

갑자기 무슨 생각으로 제 가슴을 찢고 심장을 꺼내 주는 것인지.

"누나, 지금 뭘 하려는 거야?"

"……원호 씨."

"뜸 들이지 말고 대답해."

"네가 죽지 않겠다고 했잖아. 그러니까 난 내가 할 수 있는 일을 하는 거야."

"누나가 할 수 있는 일이라니?"

"너에게 천사계의 조각을 넘겨주는 것. 그리고 네가 완전한 '영원'으로 올라서는 일에 도움을 주는 것."

"……?"

나는 미간을 찌푸렸다.

영하 누나의 말이 앞뒤가 맞지 않았으니까.

'영원'이라는 대신격이 유지되는 한, 게이트는 모든 차원에 존재하며 살육의 비극은 영속할 수밖에 없었다.

그러므로 영원에 가까워지고 있는 나를 없애려고 하던 것이 아닌가?

그런데 갑자기 나를 돕겠다니?

"대체 신인류의 계외자들이 원하는 게 뭐야? 어떤 신세계를 만들고 싶어 하는 건데? 왜 계속 말이 바뀌는 것 같지?"

그러자 천사종의 입술이 묘한 곡선을 그렸다.

동시에 아주 느리게 벌어진다.

그 모습에서 나는 영하 누나가 죽어 가고 있다는 사실을 뒤늦게 깨달았다.

당연한 일이었다.

천사종이 아니라, 다른 어떤 대단한 지고종도 심장을 잃고는 생명을 유지할 수 없었으니까.

"……신세계는 신의 뜻에 따라 형성되는 것 아닐까. '영원'을 향해 나아가는 너의 의지. 어쩌면 신인류는 네가 택한 미래를 따라 움직이는 장기짝들에 불과한 것들일지도 모르지."

나는 아무런 말도 하지 못하고 얼어붙었다.

하지만 영하 누나는 초연히 웃었다.

"원호야, 난 미래가 정해져 있다고 믿지 않아. 흘러간 과거 중에 내가 찾은 증거는 없었지만, 영원히 반복되는 우주 안에도 새로운 변화는 생길 거야……. 반드시……."

거기까지였다.

심장을 꺼내 놓고도 사력을 다해서 나에게 이야기를 건네 던 목소리는 서서히 작아졌다.

그리고 마침내 눈이 조용히 감겼다.

"……."

앞으로 스르륵 무너지는 그녀의 몸을 받아 낸 나는 그 자 리에 한참이나 서 있었다.

미쳐 버릴 것 같은 기분이었지만 이제는 부정할 수가 없었 다.

'내가 영원의 조각을 가지고 있기 때문에 게이트가 존재하 고 세계의 운명이 분화하며, 통로가 만들어질 때마다 새로운 차원 연결이 일어난다.'

그렇게 과거와 미래가 교차되며 저 무저갱의 불멸 회귀가 일어나고 있는 것이다.

나는 멍하니 손 안에 들린 그것을 바라보았다.

대신격의 힘을 머금고 여전히 펄떡거리고 있는 인간의 심 장.

이제 내게 해야 할 일은 하나밖에 없었다.

'되돌려야 해.'

천사종들은 내가 완전한 영원이 되어 무저갱의 불멸 회귀 를 유지시킬 것이라고 예측하고 있다.

그것이 정해진 운명이라고 생각하기 때문에 나에게서 거 신의 조각을 빼앗아 질서를 바로잡으려 했던 것이다.

하지만 영하 누나가 천사종을 배신하고 거신의 조각을 나에게 넘겨주었다.

자신의 길고 길었던 생의 마지막 순간, 오로지 나를 믿고 내 결정을 위해서 스스로 가슴을 찢었다.

그러니 이제 내가 보답할 차례였다.

"미래는 정해져 있지 않다……."

나는 그녀의 말을 곱씹으며 심장에 깃든 힘을 받아들이기 시작했다.

[알림 : 두 번째 '거신의 조각'을 흡수합니다…….]

[정보 : 2차 각성에 필요한 조건을 충족했습니다.]

[안내 : 2차 각성에 도전할 수 있습니다. 시도하겠습니까?]

장대비가 쏟아지며 열대우림과 맞닿은 해변에 운무가 피어오르고 있었다.

그리고 해변을 등진 기자 한 사람이 마이크를 쥐고 목소리를 높이는 중이었다.

"안녕하십니까! 시청자 여러분! 지금 제가 나와 있는 곳은 지금으로부터 약 3개월 전, '전쟁광 코볼트'라는 EX급의 몬스터들이 홍수처럼 쏟아져 나왔던 괌 일대입니다. 불과 며칠 전까지도 클로저스 연합군이 치열한 전투를 벌였습니다만, 현재는 휴전 협정에 따라 소강된 상태입니다…….”

보도를 이어 가는 기자의 표정은 복잡 미묘했다.

직접 말하고 있는 ‘소강상태’가 아주 잠깐에 불과하다는 것을 알고 있었기 때문이다.

현재 시점으로부터 정확히 100일 전.

클로저스 연합의 최대 전력이라고 평가되던 세 사람이 실종되었다.

행방불명된 이들은 다름 아닌 최원호, 이엘린, 자하르.

무엇으로도 대신할 수 없는 뼈아픈 손실이었다.

이들의 행방이 묘연해진 직후에 괌 근처에서 최상위 등급의 코볼트들이 차원 통로를 통해 지구 세계로 침입해 왔다.

전쟁광 코볼트들은 타고난 호전성과 작은 체구를 이용하여 수풀이 많은 아시아 지역을 빠르게 공략하기 시작했는데…….

일본을 수복하는 작업에 집중하려던 클로저스 연합의 입장에서는 턱 아래에다 갑자기 칼을 들이댄 것이나 다름없었다.

결국 전선이 사분오열되고 있는 상황.

“……사흘 전에 맺어진 클로저스와 신인류 사이의 휴전 협정은, 앞으로 열흘 동안 모든 전투 행위를 멈추고 양측의 총수가 대면하는 회담을 한 차례 가지자는 내용으로 알려졌습니다.”

이런 상황에서 올노운과 존 메이든 마주 앉아 이야기를 주고받겠다고 발표한 것은 무척 고무적인 소식이었다.

격렬한 전쟁으로 지쳐 있던 사람들은 잠깐이나마 싸움이 멈춘 것에 기뻐하기도 했다.

하지만 이는 폭풍전야였다.

"일각에서는 휴전 협정이 본격화될 가능성에 대해 논하기도 했습니다. 그러니까 클로저스와 신인류가 각기 아시아와 북미를 축으로 삼아서 관할지를 나누어 갖는 형식으로 평화 협정을 타진할 가능성입니다. 하지만 내부 소식통에 의하면……."

페이즈 2의 시작과 함께 전쟁에 참여한 대부분의 헌터들은 이미 알고 있는 내용이었다.

"……이 휴전은 결전을 앞둔 올노운과 존 메이든의 숨고르기로 알려져 있으며, 각 진영은 재정비를 마친 뒤 태평양 상공에서 생사를 건 혈투를 벌일 것으로 예상됩니다……."

결국 둘 중 하나는 완전히 없어져야만 끝나는 전쟁이었다.

그리고 전황은 클로저스 연합에게 압도적으로 불리했다.

전쟁광 코볼트 일족이 쏟아져 나오며 수없이 많은 헌터들이 전사한 탓이었다.

도리어 휴전이라는 명목으로 전열을 가다듬을 수 있도록 시간을 준 존 메이든에게 감사해야 할 만큼 불리한 상황.

"남은 7일 동안, 클로저스 연합은 세븐스타즈의 후신인 '결사단'의 생존자들을 모두 결집할 예정입니다. 시시각각 가까워지는 최악의 상황에도 포기하지 않고 항전할 수 있도록 만반의 준비를 할 것이라는 소식……."

모두 잘 포장된 절망적인 보도라고 할 수 있는 이야기였다.

하지만 베테랑 기자는 아무렇지 않게 표정을 관리하며 보도를 마무리하고 있었다.

"이상으로 괌에서 소식을 전해 드렸습니다. PBC 뉴스, 이기욱 기자였습니다."

마이크를 입에서 떼며 그는 내심 한 가지 의문을 떠올렸다.

아마도 방송을 내보내는 입장이나, 듣고 있는 입장에서나 비슷하게 생각하고 있을 질문.

-도대체 최원호는 어디로 사라진 거지?
-정말로 죽었어?
-진짜 신인류라는 놈들에게 당한 거야?

자신들로부터 신기루처럼 사라져 버린 희망을 원망하고, 또 간절히 그리워하는 생각들이었다.

바로 그때, 상공에서 거대한 섬광이 일어났다.

번쩍!

"······!"

F등급이나마 헌터 자격을 가지고 있던 이기욱 기자는 그 것을 감지하고 상체를 휙 틀어서 그쪽을 바라보았다.

섬광뿐만이 아니었다.

새로 등장한 거대한 마력의 파장이 그의 기감을 자극해 왔 다.

"카메라 기자님! 잠깐만! 저, 저쪽으로!"

기자의 외침에 카메라가 각도를 옮겨서 새로운 곳을 비추 기 시작했다.

열대 기후 특유의 국지성 호우가 쏟아져 내리고 있는 해양 저 너머.

음울한 지평선이 가로지르고 있던 곳에서 난데없이 거대 한 용오름이 꽈리를 만들면서 하늘을 찌르고 있었다.

"갑자기 저게 무슨······?"

마력을 전혀 느끼지 못하는 카메라 기자 역시 예사롭지 않 은 풍압과 기세를 느끼고 얼어붙었다.

상황을 지켜보던 PD들과 시청자들이 또 새로운 방송 사 고가 일어나는 것이 아닐까 걱정하던 그때.

"······뒤로 물러나세요!"

"기자님! 빨리 안전한 곳으로 들어가십시오!"

"지원팀은 즉시 방어 마법을 전개해라!"

봄향, 헌드레드, 워해머의 외침이었다.

거대한 마력의 변화를 감지하자마자 달려온 헌터들.

최원호가 자리를 비운 동안에 클로저스 연합의 경영을 책임지고 있던 이들이었다.

그리고 이 뒤를 따라온 다른 세 사람도 있었다.

"잠깐만요! 아빠, 지금 다가오는 건……!"

"그래, 나도 느꼈다만 당장 확실하게 말하기는 어렵구나. 혹시 수호자님께서는 어떠십니까? 뭔가 보이십니까?"

"네, 저는 보여요. 하지만 왠지 그리 선명하지는 않군요. 뭔가 장막 같은 것을 휘감고 있는 느낌인데, 어쨌든 분명 '그 사람'이에요."

한겨울, 올노운, 우윤아였다.

마력을 끌어 올리자 그들의 시선은 호우가 쏟아지는 바다 위를 지나서 지평선 저편을 향해 나아갔다.

잔뜩 찌푸린 하늘 아래로 뭔가가 용오름을 몰고 날아오고 있음이 확연하게 느껴졌다.

익숙하면서도 낯선 마력의 패턴.

어딘가에서 암살을 당하고 물고기 밥이 되었다는 루머의 당사자가 이리로 다가오고 있었다.

"……최원호 마스터."

"올노운, 당신도 느껴지나요? 그가 뭔가 달라졌다는 것."

"음, 하지만 마력 패턴이 달라지진 않았는데요? 뭘까요? 아빠?"

"글쎄."

"준비하는 게 좋겠어요, 올노운."

"알겠습니다."

올노운과 우윤아가 천천히 마력을 끌어 올리기 시작했다.

옆에 선 한겨울은 그것이 무엇을 의미하는지 알고 있었다.

어쩌면 가장 끔찍한 상상이 될 가능성 때문이었다.

최원호 마스터마저도 신인류에 포섭되었을 수도 있다.

즉, 천사종의 게이트에 휘말린 최원호가 계외자에게 현혹되어 클로저스에서 이탈했을 수도 있다는 가정.

올노운과 우윤아는 마른침을 꿀꺽 삼키며 시선을 교환했다.

"아니겠지요?"

"아니기를 빌어야죠."

헌터들은 최원호를 신뢰하고 있었지만 100일은 너무나 긴 시간이었다.

게이트 안에서 무슨 일이 벌어지고 있기에 돌아오지 않는 것인지 우윤아조차도 답을 내릴 수가 없었다.

그렇기 때문에 최원호의 이탈까지 대비해야 한다는 판단을 내린 것이었다.

하지만 모두 무용지물이었다.

"날씨가 많이 바뀌었군. 그사이에 얼마나 시간이 흐른 거지?"

"......!"

최원호는 이미 등 뒤에 와 있었다.

헌터들 중에서 그 누구도 알아채지 못했는데.

심지어 그가 몰고 오던 용오름도 저 먼 해수면 위에서 휘몰아치고 있었는데.

마치 시간을 빨리 감아 당긴 것처럼 모두의 배후에 훌쩍 나타나 있었다.

마법사들이 전개한 방어 마법 따위는 어떤 효과도 발휘하지 못했다.

'이게 뭐지? 분명히 마력 움직임은 전혀 없었는데? 대체 무슨 기술을……?'

우윤아마저 얼어붙은 그 순간.

최원호가 바다를 향해 고개를 돌리며 입을 열었다.

"쥐새끼들이 많군."

봄향은 날카로운 한기를 느꼈다.

마치 지나갔던 겨울날의 삭풍이 잠시 돌아온 것처럼 섬뜩한 온도의 바람이 뺨을 스친 순간.

그녀는 멍하니 고개를 돌려 바다를 바라보았다.

설명하기 어려운 기현상이 그곳에서 벌어지고 있었다.

부글부글부글…….

여전히 비가 쏟아지고 있는 해수면이 펄펄 끓어오르고 있었던 것이다.

용암이 새어 나오는 것처럼 수면 위로 기포가 올라오는 기이한 모습.

바다 밑바닥에서 해저 화산이 터지기라도 한 것일까?

그런데 수면 위로 난데없이 시체들이 떠오르기 시작했다.

"……!"

처음에는 돌고래 같은 생명체들이 배를 내민 것인가, 생각하던 봄향은 눈을 부릅떴다.

하얗게 눈알을 까뒤집고 떠오른 것들은 바로 코볼트들이었다.

호흡기에 수중 활동 아티팩트를 부착한 개체들이 죽은 채로 떠오르고 있었다.

헌터들은 그 의미를 곧바로 이해했다.

"잠복, 잠복입니다!"

"빌어먹을. 바로 바다 밑에 매복조가 있었어……?"

그것도 수천 마리나.

일일이 세기도 힘들만큼 많은 숫자를 확인한 헌터들은 이를 악물었다.

등잔 밑이 어두웠던 셈이다.

전쟁광 코볼트 일족은 전천후 전투가 모두 가능한 올라운더 스타일의 몬스터종.

이들은 수중 활동에도 능숙했으니, 상급 개체라면 바다 밑바닥에 찰싹 달라붙어 정탐 임무를 수행하는 것도 충분히 가능했다.

봄향은 마른침을 꿀꺽 삼켰다.

'코볼트들이 모습을 감추고 우리 진영을 감시하고 있을 것이라고 예상하긴 했지만 이렇게 많을 줄은 몰랐어.'

심지어 클로저스 연합군의 본대가 주둔하고 있는 지역에 수천이나 떼를 지어서 잠복하고 있었을 줄이야.

그런데 더 놀라운 것은 따로 있었다.

바로 최원호의 존재였다.

"방금 어떻게 한 거야? 무슨 기술로 탐지하고 사살한……?"

하지만 그는 말없이 시선을 움직였다.

그러자 바다에 떠 있던 사체들이 일제히 산화하기 시작했다.

파스스스스!

보이지 않는 불길에 휘말린 것처럼 가루가 되어 사라지고 있었다.

아무런 소식도 없이 100일 만에 다시 나타나서는 보란 듯이 이적을 일으킨 최원호는 다시 고개를 돌렸다.

그는 지나치리만큼 무감정한 눈빛으로 모두를 응시하고 있었다.

"……."

"워, 원호야?"

"마스터?"

봄향은 왠지 모를 위압감에 몸을 떨었다.

헌드레드 역시 마찬가지였다.

이번에도 살아서 나타난 최원호가 반갑기는 했지만, 무언가 이질적인 느낌이 그들을 압도하고 있었다.

잠시 하늘을 바라보던 최원호가 입을 열었다.

"선배, 시간이 얼마나 흐른 거죠?"

"100일 정도……?"

"헌드레드, 전황은?"

"현재 저희는 동아시아와 유럽만 간신히 지키고 있는 상태입니다. 그 밖의 대부분 지역이 신인류에게 잡아먹혔고……."

"인류 문명의 9할은 이미 소실된 상태로군. 절반 이상의 사람들이 죽거나 행방불명이고."

"그, 그렇습니다."

하려던 말을 빼앗긴 헌드레드는 얼떨떨한 표정이 될 수밖에 없었다.

최원호는 마치 자신의 속내를 들여다본 것처럼 정확하게

짚어 냈기 때문이다.

그들은 점점 더 최원호를 낯설게 느끼고 있었다.

"마스터, 대체 어떻게 되신 겁니까? 등급 외 게이트에 휘말렸다는 이야기까지는 우윤아 님께 들었습니다만, 안에서 무슨 일이 있으셨던 겁니까?"

헌드레드는 용기를 짜내서 질문했다.

본능적으로 일어나는 두려움을 애써 눌러 놓고, 클로저스 클랜의 세컨드 헌터로서 질문을 던진 것이었다.

하지만 최원호는 누구도 예상하지 못한 반응을 내놓았다.

"여태까지 날 속이고 있었군, 워해머."

"……?"

그는 전혀 다른 사람을 향해 고개를 돌리며 적의를 드러냈다.

난데없는 이야기에 헌드레드는 당황했다.

"예? 저희 아버지가요? 갑자기요?"

"얌전히 마력을 가라앉혀라, 구준백. 네 아들을 보호하고 싶다면."

"……!"

이건 또 무슨 말일까?

하지만 바로 그다음 순간.

팟!

조금 떨어진 곳에 서 있던 워해머의 신형이 최원호를 향해 쏜살처럼 쏘아졌다.

상대를 일격에 찢을 수 있는 거력이 중년인의 주먹에 맺혔다.

[스킬 : '해일 폭격'.]

이는 살의는 없었지만 명백히 표적을 찢어 죽이기 위해 고안된 기술이었다.

지금까지 같은 진영으로 활동했던 것이 무색할 정도로 격렬한 움직이었다.

하지만 최원호는 입꼬리를 말아 올렸다.

"시간을 거슬러 와서 하고 싶었던 게 고작 스파링? 좋아. 그럼 놀아주지."

최원호는 피식 웃는 것과 함께 헌드레드의 멱살을 움켜잡았다.

그리고 워해머를 향해 그대로 내던져 버렸다.

"우아악!"

"......!"

자신의 진행 방향으로 헌드레드의 몸이 끼어들자, 워해머는 황급히 힘을 거둘 수밖에 없었다.

움직임을 늦춘 그가 아들의 몸을 받아 낸 순간.

[권능 : '수왕의 광휘'.]

 최원호의 두 눈으로부터 예리한 섬광이 터져 나오며 워해머의 복부를 꿰뚫었다.
 세비지 에너지를 일점에 응집하여 광선의 형태로 격발하는 견제 기술.
 마치 내장을 태우는 듯한 작열감이 고스란히 몸을 관통했다.
 "흐으읍!"
 지독한 고통에 움직임이 느려진다.
 그럼에도 워해머는 이를 악물면서 최원호에게 재차 돌진했다.
 비록 타이밍을 뺏겼지만 체술만큼은 상대보다 우위에 있다고 믿었기에 한 번 더 시도한 것이었다.
 하지만 최원호는 틈을 보이지 않았다.
 "아무래도 나에게 체술을 가르치던 그때와 같다고 생각하는 모양인데."
 "……!"
 "그럼 그때처럼 날 믿어야지, 친구를 의심해?"
 퍼어억! 빠각!
 직선으로 달려드는 움직임을 유령처럼 통과한 최원호.
 그의 주먹이 워해머의 옆구리에 꽂히며 갈비뼈를 으스러

뜨렸다.

최원호는 어떠한 권능도 발휘하지 않았지만 타격은 무자비했다.

"뭐 해? 일어나서 더 덤벼 봐. 미래에서 돌아온 주제에 애까지 낳고 나를 속여 넘긴 대가를 치러야지! 이 망할 새끼야!"

"크으윽!"

미들 킥과 잽, 스트레이트의 연계.

왼쪽에서 출발한 훅은 허초였고, 턱에 오른손 어퍼컷이 작렬하며 워해머의 거구를 높게 띄웠다.

그리고 명치에 오버핸드 훅이 꽂혔다.

최원호는 마치 샌드백을 치듯이 상대를 가지고 노는 중이었다.

"아니, 이게 도대체……?"

도저히 이해할 수 없는 상황에 멍하니 쳐다보고 있던 헌드레드.

"그, 그만! 그만하세요, 마스터! 갑자기 왜 이러시는 겁니까!"

정신을 차린 그가 황급히 몸을 일으켜 끼어들었다.

일방적인 난타전은 그제야 멈췄다.

"……."

"……."

헌터들은 할 말을 잃은 채 서로 시선을 주고받으면서 상황을 이해하기 위해 노력하고 있었다.

가장 먼저 입을 연 사람은 올노운이었다.

"연합장님, 아까 워해머 마스터를 다른 이름으로 부르셨던 것 같은데 그게 무슨 말씀이십니까? 얼핏 '구준백'이라고 하셨던 같은데…….."

최원호가 스치듯 던진 이야기를 정확히 기억한 덕분이었다.

모여 있는 헌터들은 '구준백'에 대해 거의 알지 못했다.

그나마 루키 시절의 최원호를 기억하는 봄향만이 알고 있는 이름.

"구준백이라고? 구준백이라면 클로저스가 아마추어 클랜일 때 탱커 포지션을 맡았던 그 덩치 큰 녀석……?"

"푸흐흐흐."

옆구리를 감싸 쥐고 있던 워해머가 씨익 웃음을 지은 것은 바로 그때였다.

그는 땅바닥에 드러누운 채 최원호를 바라보며 입을 열었다.

"그래, 나다. 언제쯤 날 알아볼 지 궁금했는데. 생각보다 늦었군."

"네가 살아 있으리라고는 전혀 생각하지 못했거든."

"하긴 그렇겠지. 난 차원 역류에 빠진 것도 아니고 게이트

에서 전사한 걸로 알려졌으니까. 게다가 마력 패턴도 완전히
바뀌었고."

최원호는 말없이 상대를 응시하고 있었다.

그러자 워해머의 얼굴이 조금씩 변하기 시작했다.

인체의 뼈와 근육을 변형시켜 외양을 바꾸는 스킬 '축골
공'의 효력을 중지시키고, 자신의 진짜 외견을 드러내는 것
이었다.

마침내 등장한 얼굴.

"오랜만이구나, 내 친구 최원호."

기억하고 있던 그 청년의 얼굴이 20년가량 늙어 버린 모습
이었다.

최원호는 쓴웃음을 지었다.

"정말 감쪽같이 속였네. 당장 목을 비틀어 죽이고 싶을 만
큼."

"속이려고 한 입장에서는 최고의 칭찬이군. 보아 하니 내
사정을 설명할 필요는 없는 것 같은데, 그렇지 않나?"

"그래, 필요 없어. 이제 난 인간종의 머릿속을 훤히 들여
다볼 수 있으니까. 반경 3킬로미터 이내는 내 손바닥 안이나
다름없어."

"……!"

최원호의 말에 헌터들이 일제히 눈을 치켜떴다.

동시에 수많은 생각들이 요동쳤다.

-아까 정말로 내 생각이 읽힌 거였나?

-세상에. 대체 무슨 일이 있었던 거야?

-설마, 신인류의 힘을 빌린 건 아니겠지……?

이는 두 번째 거신의 조각을 흡수한 결과였다.

손영하가 건네준 심장을 통해 천사계의 신성을 획득한 최원호는 '영원'에 한 발짝 더 다가서게 되었고.

이제는 인간의 격을 벗어나 본격적으로 신격을 향해서 나아가고 있었다.

그렇기에 게이트 시스템에 적용받고 있는 헌터들의 머릿속을 훤히 들여다볼 수 있었던 것이다.

즉, 반신의 탄생.

'두 번째 거신의 조각까지 흡수했으니 이젠 돌이킬 수 없겠군.'

구준백은 최원호의 미래를 잘 알고 있었다.

야수계 게이트를 조사하던 중, 계외자들에게 설득되어 미래의 지구에 다녀왔기 때문이다.

"원호, 나는 네가 완전한 '영원'이 되어 저 무저갱을 영속시키는 모습을 보았다. 게이트를 없애지 않고 너의 신격을 유지시키는 장치로 쓰는 것을 똑똑히 보았어."

어쩌면 모두가 알아야 할 이야기였다.

너무 늦게 입을 연 것은 아닐까?

"그래서 20년 전의 시점으로 회귀한 것이다. 너를 미리 죽여서 대신격으로 이어질 싹을 자르기 위해 힘을 쌓았지. 어린 너를 죽일 기회는 수없이 많았고, 네가 헌터가 된 후에도 등에 칼을 꽂을 기회도 역시 적지 않았어."

하지만 구준백은 그러지 않았다.

오히려 묵묵히 같은 편으로서 최선을 다했다.

최원호는 그 이유를 알고 있었다.

"희망이 보였나? 내가 신성을 포기할 것 같아서?"

"……비슷해. 게다가 내 아들을 세컨드 헌터로 쓰는데, 아버지로서 아들의 출셋길을 막을 순 없잖나."

물론 농담이었다.

올노운과 연을 맺고 프리랜서 헌터로 활동하던 헌드레드가 클로저스 클랜의 세컨드 헌터로 섭외된 것은 순전히 우연에 불과했다.

그리고 최원호가 거신의 조각을 모아서 각성할수록, 가까운 이들은 위험에 처하게 된다.

자신의 이름에서 한 글자를 골라서 '헌드레드'라는 콜네임을 지어 주고, 헌터로서 모든 것을 전수해 주었을 만큼 아꼈던 아들이었기에 당장이라도 떼어 놓고 싶었다.

그러나 그는 그러지 않았다.

'미래는 운명을 믿지 않는 자들에 의해 변화하는 것이 아닐까.'

최원호의 행보를 지켜보면서 새로운 생각이 머리를 들었기 때문에.

　그가 사람들을 구하기 위해 모든 것을 내던지는 모습을 관찰하며 또 다른 가능성에 대한 희망이 일어난 탓이었다.

　'하지만 신성을 완성하는 과정에서 최원호의 인격이 휘발되는 것도 사실이다.'

　신격과 인격은 양립할 수 없다는 것은 지금 이 자리에 있는 모두가 분명하게 느낄 수 있었다.

　그러니 판단이 필요했다.

　"최원호, 나에게 확신을 다오."

　"확신이라……."

　"인간의 틀에서 벗어나 '영원'이 된 네가 이 모든 것을 끝낼 것이라는 확신이 필요하다. 그게 아니면 너는 게이트 시스템 그 자체일 뿐이다."

　폐부를 깊숙이 찌르는 말이었지만 최원호는 빙긋 웃었다.

　잠시나마 순수한 인간의 모습이 돌아온 것처럼.

　"답은 하나밖에 없어."

　모두가 숨을 죽인 가운데, 그는 해답을 말했다.

　"과거로 돌아가서 최초의 게이트와 함께 '영원'의 신격을 소멸시키는 것. 그게 아니면 불멸 회귀는 끝나지 않아."

　신뢰라는 것은 이성의 문제라기보다는 감정의 문제다.

　이성적으로는 상대를 믿어야 한다고 판단하는 와중에도

다른 요소에 의해 감정이 흔들리게 된다면 신뢰를 장담할 수 없게 된다.

그러므로 최원호를 신뢰한다는 것은, 그를 옹호하는 스스로에 대한 믿음과도 같았다.

'최원호를 믿어야 한다. 그는 이 모든 것을 끝낼 유일한 탈출구니까.'

지구 세계의 수호자는 그렇게 생각했다.

여신은 평범한 인격을 아득히 초월한 거대 존재로서, 자신의 의지와 믿음에 완벽한 지지를 보낼 수 있었다.

하지만 그녀의 절반을 이루고 있는 우윤아는 그렇지 않았다.

"……."

우윤아는 흔들리고 있었다.

그녀의 다른 본질은 초월자가 아닌 인간이었기 때문에…….

'우리가 인간 이상의 존재를 어떻게 믿을 수 있지? 대신격에게 인간은 벌레에 불과할 텐데. 오로지 자비를 바랄 수밖에 없잖아?'

두려움과 불안이 천천히 싹이 틔운다.

만에 하나 그가 변덕을 부리기라도 한다면 모두가 죽을 것이다.

최원호는 인간으로서 전혀 예측할 수 없는 영역으로 나아가고 있었고, 이와 같은 급격한 변화는 존 메이든이 심어 둔 의심의 씨앗에 물을 끼얹는 일과도 같았다.

'그를 숭배할 것인가? 의심할 것인가?'

금빛의 안광을 번쩍이며 범접할 수 없는 위압감을 뿌리고 있는 반신은 본능적인 두려움을 자아내는 존재일 수밖에 없었다.

하지만 결론은 정해져 있었다.

"믿겠다, 최원호. 나는 너를 믿지 않기 위해 돌아왔지만, 지금의 너를 믿어 보겠다."

구준백의 말이었다.

그는 옆구리를 감싸 쥐고 있었지만 흔들림 없는 눈빛으로 최원호를 응시하고 있었다.

"나도 마찬가지야. 난 네가 어떤 존재가 되었든, 그런 건 상관없어. 한번 영구는 영원한 영구니까. 그치?"

"음, 저도 비슷합니다. 사실 뭐가 뭔지 모르겠지만, 제가 마스터와 아버지를 믿지 않으면 누굴 믿겠습니까? 하하하!"

결연한 표정의 봄향과 멋지게 웃는 헌드레드.

이윽고 올노운과 한겨울이 잠시 시선을 주고받은 뒤 최원호의 앞으로 걸어 나왔다.

"우리 결사단은 사실상 궤멸 상태입니다. 신인류에게 협조하지 않았던 이들은 대부분 제거되었고, 그들이 나누어 가졌던 디멘션 하트들은 신인류에게 빼앗겼습니다."

"마스터가 자리를 비운 사이에 전황이 급격하게 나빠졌죠. 그들은 우리 세계를 완전히 파괴해서라도 당신의 신격을 빼앗으려고 해요."

악화일로를 걷고 있는 상황.

최원호를 지지하는 것은 올노운과 한겨울에게 낙장불입의 도박수를 던지는 선택이나 다름없었다.

하지만 그는 이 세계를 지키면서 신인류가 원하는 신세계가 도래하지 않도록 할 유일한 구명줄이었다.

"존 메이든이 오고 있습니다. 그를 비롯한 신인류의 간부들과 계외자들이 한꺼번에 몰아닥칠 겁니다."

"마지막 싸움이 되겠죠. 우리가 이길 수 있을까요?"

"……."

그 질문에 최원호는 잠시 침묵했다.

그리고 고개를 가로저었다.

"이기지 못할 거다."

"……!"

"올노운, 당신은 존 메이든을 상대로 얼마나 버틸 수 있을 것 같습니까?"

"10분 정도는 가능할 것 같습니다."

"아니, 길어야 1분 내외일 겁니다. 1 대 1의 싸움이 아닐 테니까."

"……."

모두의 얼굴에 그늘이 드리웠다.

그럼에도 최원호는 가만히 웃었다.

"하지만 내가 신격을 빼앗기지 않고 그들이 가진 것을 빼앗을 수 있다면, 그리고 과거로 향하는 통로를 성공적으로 확보할 수 있다면……."

반신은 입을 다물었고 뒷말은 삼켜졌다.

그러나 헌터들은 그의 이야기를 완벽하게 알아들었다.

'모두가 죽어 나가더라도 괜찮다.'

'과거가 부활할 테니까.'

'게이트가 존재하지 않는 세계가 도래할 것이다.'

……그러니 따라와라.

목숨을 버리는 한이 있더라도 끝까지 가야 한다.

"성공한다고 하더라도…… 아무도 우릴 기억하지 못하겠군요."

"심지어 우리들마저도요. 게이트가 존재했던 역사 자체가 사라질 테니까요."

부녀가 씁쓸하게 중얼거렸다.

하지만 최원호의 표정에는 아무런 변화가 없었다.

기억받기를 원하지 않았으니까.

그의 희망과 목적은 오로지 그 자신의 내부에 죽은 듯이 잠들어 있을 뿐이었다.

"……."

"내 척후들이 다 죽었다고……?"

"그렇다더군. 하나도 남김없이."

"개소리 마시오! 제대로 싸울 줄도 모르는 원시 인간들이 우리 일족의 정예 부대를 무너뜨렸을 리가 없어!"

전쟁광 코볼트 일족의 총사령관 '칼데비르'.

인간 남성에게 비교하자면 2/3밖에 되지 않는 작달막한 체구였지만, 노란 눈동자에서 뿜어져 나오는 투기는 무시무시했다.

신인류에 가담한 대가로 순수 마력을 나누어 받아서 레벨의 한계를 뛰어넘은 헌터들마저 압도할 정도였다.

하지만 존 메이든은 피식 웃었다.

칼데비르가 사용한 '원시 인간'이라는 표현이 우스웠던 탓이다.

그와 동시에 존 메이든의 곁에 서 있던 그림자가 번쩍였다.

"칼데비르, 입조심하시오. 여기가 '원탁'임을 잊지 마시오."

"……."

그 경고에 사납게 이빨을 드러냈던 전쟁광도 얌전히 입을 다물 수밖에 없었다.

계외자들의 집합체, '원탁'.

이곳에 모인 이들은 모두가 각자의 차원을 대표하는 괴물들이었다.

자신이 속한 차원의 서열을 끌어올리기 위해서라면 언제든지 다른 차원을 침공할 수 있는 무뢰한들이기도 했다.

이들이 한자리에 모여 있는 것은 순전히 이해관계가 일치한 덕분이었고, 수가 틀어지면 언제든지 적이 될 가능성도 존재했다.

"데라쉬, 당신네 일족에서 최원호의 피를 얻어 냈다고 들었는데? 당연히 복사체들을 만들겠지? 좀 빌려 쓰겠소."

"뭐요? 지금 우리에게 명령을 하는 겁니까? 썩 기분이 좋진 않은데요."

바로 지금처럼.

존 메이든이 최원호의 피를 언급하자 하얀 눈동자가 적개심으로 번쩍였다.

정보를 팔고 사는 코그니시앙 일족의 거래자로서 '빌려 쓴다'는 표현 자체에 거부감을 드러낸 것이었다.

원탁의 구성원들이 낄낄거리기 시작했다.

"크크크, 일부러 그랬군!"

"저 장사꾼 놈들은 놀리는 맛이 있어."

"그래도 값만 제대로 치르면 실실거리지. 배알도 없는 놈들 같으니라고."

붉은 오크 일족의 전왕(戰王), '테르마'.

대형 사막 트롤로 태어나 식인신(食人神)이라고 불리게 된 '오그밀라'.

지하 뱀파이어 일족의 변경백, '비아스토릭'까지.

세 명의 초월자가 존 메이든과 데라쉬를 비웃기 시작했다.

하지만 다음 순간.

"최원호의 피로 만든 복사체들을 빌려준다면 천사종들이 남긴 신성을 3할 정도 나누어 주겠소. 전쟁 규칙에 따라 그 조각의 소유권이 우리 세계에 있다는 건 따로 설명할 필요 없을 것 같은데."

"……!"

그가 꺼낸 말에 원탁이 흥분으로 물들었다.

계외자들이 모두 입을 쩍 벌렸고, 데라쉬는 입술 끝을 비틀면서 몸을 앞으로 기울였다.

"그게 정말입니까? 저희 입장에서 나쁜 거래는 아니겠습니다만!"

"어이, 데라쉬. 말은 바로 해야지. 너희 입장에서는 수지 맞는 장사 아닌가?"

"……크흠! 뭐, 부정할 수는 없겠군요. 천사종들이 남긴 것이 워낙 크다 보니. 크흐흐흐흐!"

100일 전, 천사종들은 지구상에서 완전히 사라졌다.

존 메이든은 그 이유를 짐작하고 있었다.

'천사종들이 가지고 있던 거신의 조각이 다른 누군가에게 넘어갔고, 조각의 그릇이 파괴되었다.'

계외자들이 천사종의 조각이 미카엘에게 있었으나 누군가가 그것을 탈취해서 숨겼다는 사실까지만 파악하고 있었다.

거기에서 존 메이든은 한 발자국을 더 나아갔다.

천사계에서 천사종으로 탈바꿈한 그 여헌터가 최원호에게 조각을 넘긴 것이다.

그가 유추한 것이 맞다면 지금 최원호는 거신의 조각을 2개나 가지고 있는 상태.

덕분에 존 메이든은 원탁에서 다른 계외자들에게 소유권을 주장할 수 있게 되었다.

"두 조각 모두 우리 인류에게 귀속되어 있지만 통제를 할수가 없는 상황이니 코그니시앙 일족에게 도움을 요청하는 것이오."

"좋습니다! 받아들이지요!"

순식간에 계약서가 오고 갔다.

그 모습을 지켜보는 계외자들은 다시 낄낄거리고 있었다.

"이거 참 재밌군. 원시 지구에 거신의 조각이 2개나 돌아다니고 있는 상황이라니."

"그러게 말이야. 혹시 종적을 감춘 악마계의 것까지 이 세계에 와 있는 건 아니겠지? 혹시 그놈이 또 하나를 먹어치우면? 그러면 어떻게 되는 건가……?"

"걱정 마. 어떤 존재든 3개의 조각을 가졌다면 더 이상 원래의 형태를 유지하지 못할 테니까. 딱 2개만 가지더라도 인격이 붕괴될걸."

"하긴. 그때부터는 신성이 지배하게 된다지?"

"맞아. 이미 수없이 반복된 일이라고."

오크, 트롤, 뱀파이어는 이야기를 주고받으며 고개를 주억거렸다.

'인격의 붕괴라…….'

데라쉬와 계약서를 나누어 가진 존 메이든은 계외자들의 대화를 가만히 듣고 있었다.

그의 머릿속에서는 복잡한 상념이 흐르고 있었다.

계외자들이 상정하지 않은 가능성 한 가지 때문이었다.

'만약 최원호가 3개의 조각을 가지고도 인격을 유지할 수 있다면?'

각 차원을 착취하는 위대한 거신 '영원'이 아니라, 한 명의 헌터로서 모든 게이트를 닫겠다는 자신의 의지를 이어간다면?

'그때는 어떻게 해야 할까? 우리가 패배했음을 인정해야 하는 것 아닐까?'

지구인으로서는 최선의 가능성.

그러나 존 메이든은 애써 고개를 저으며 상념을 털어 냈다.

'아니, 그럴 리는 없다. 차원 역설에 위배되는 사건이니까.'

앞서 계외자들이 말한 것처럼 그건 '이미 수없이 반복된 일'이다.

최원호가 신격이 아닌 인격을 유지했다면.

원 지구의 미래가 이토록 수없이 분화되어 각기 다른 지옥을 형성할 일은 없었을 것이다.

그러니 모든 것은 예정된 대로 흘러가고 있다.

존 메이든과 계외자들은 그렇게 확신했다.

"흠흠! 좋은 거래였습니다, 존 메이든! 그럼 저는 최원호의 복사체들을 만들어서 가져오겠습니다. 금방 돌아오지요!"

데라쉬가 잔뜩 신이 난 얼굴로 사라지고, 계외자들이 각자 점령한 지역으로 돌아간 뒤.

홀로 원탁에 남은 존 메이든은 가만히 몸을 일으켰다.

그리고 어둠을 향해 명령했다.

"인간종 헌터들을 모두 소집하겠습니다. 괌으로 가서 마지막 전쟁을 시작합니다."

그러자 어둠이 일렁이며 수십 개의 입을 벌렸다.

서로 다른 목소리들이 노래하듯 이어지며 그림자에서 새어나오기 시작했다.

"……드디어 때가 왔다!"

"어쩌면 신의 힘을 나의 것으로……."

"……다른 차원을 전부 식민지로 복속시키는 거야!"

"우리에게 반기를 드는 것들은 모조리 노예로 삼아……."

"……전부 처죽여서 땅속에 파묻어 버려야 해! 모조리 찢어 죽여!"

음성들은 말 그대로 끓어 넘치고 있었다.

그것은 신인류에 합류한 모든 헌터의 정신 작용을 하나로 묶어서 만들어낸 초월적 정신체였다.

그들 각자가 가장 깊은 곳에 숨겨둔 저열한 욕망들이 에너지가 되어 용광로처럼 끓고 있었다.

이 사이에서 존 메이든에게 제대로 응답한 목소리는 오직 하나뿐이었다.

"후후후, 이제 당신은 마르지 않은 힘을 얻은 겁니다. 거신의 조각을 부러워할 필요도 없다는 말이죠. 흥분되지 않나요?"

이사장.

그는 그림자의 중심에서 거대한 힘을 통제하며 존 메이든을 향해 히죽히죽 웃음을 짓고 있었다.

스스로가 신에 가까운 존재가 되었다는 오만함이 그 자체로 에너지가 되어 흘러넘치고 있었다.

"……."

헌터들을 흡수하고 타계의 마력까지 받아들임으로써 인간 이상의 무언가로 거듭난 이사장은, 어쩌면 최원호보다 위험한 존재일지도 모른다.

그러니 거신의 조각을 두려워하지 않는 것이다.

하지만 존 메이든은 말없이 돌아섰다.

'안전장치가 제대로 작동했으면 좋겠군.'

남은 것은 대면과 대결뿐이었다.

최원호는 손철만과 밤바다를 바라보며 긴 이야기를 나누었다.

4년 전의 세계에서 붙잡혀 온 장세현.

미래에서 돌아와 워해머로 위장하고 있던 구준백.

그리고 아주 먼 미래의 천사계에서 천사종이 되어 살아남은 손영하와 그녀가 남긴 것까지.

두 사람의 대화는 기나긴 이야기가 될 수밖에 없었다.

"……결국 저에게 거신의 조각을 남겨주고 소멸된 겁니다. 처음부터 그럴 생각이겠죠."

"허허허, 역시 내 딸이군. 손영하다운 마지막이었구나."

최원호의 이야기가 끝나자 손철만은 너털웃음을 터트렸다.

애틋함과 쓸쓸함 그리고 말로 다할 수 없는 슬픔이 느껴지는 눈빛 앞에서 최원호는 잠시 침묵을 지켰다.

그의 인격은 서서히 휘발되어 가고 있었지만 손영하에 대한 기억과 감정만큼은 아직 온전했다.

지금 손철만은 자신의 것보다도 더욱 크고 깊은 그리움을 느끼고 있을 것이다.

"……."

적어도 지금의 그에게는 침묵보다 나은 위로를 찾을 수가 없었다.

손철만은 한참만에야 입을 열었다.

"원호야, 나는 널 걱정하지 않는다. 설령 네가 그 영원인지 불멸인지가 되더라도, 우리 세계를 외면할 것이라고는 생각하지 않아."

"절 믿으신다는 겁니까?"

"아니, 너를 알고 있는 나를 믿는 거다. 너를 어렸을 때부터 키운 내 손을 믿는 거고."

그 말에 최원호의 눈빛이 깊어졌다.

아들 같은 남자를 향해 가볍게 미소를 지은 손철만은 고개를 돌려 한쪽을 바라보았다.

"저길 봐라, 옛날 우리의 모습을 보는 것 같지 않으냐? 계곡에서 캠핑했던 것 기억나지?"

워해머와 헌드레드가 함께 고기를 굽고 있는 모습이 보였다.

밤하늘을 보며 생각에 잠긴 올노운과 한겨울.

그리고 윤동식과 윤희원은 부산하게 뛰어다니며 헌터들의 체력 상황을 체크하고 있었다.

"계곡……."

그들의 모습을 바라보는 최원호의 입꼬리가 살짝 들썩였다.

"예, 생각납니다. 아저씨랑 누나가 고무줄로 수박을 깨는 영상을 찍다가 핸드폰을 떨어뜨려 액정을 깨먹은 것도 기억나네요."

"그래, 수박. 허허허, 할부가 남아 있었는데 말이야. 아직도 속이 쓰리구나."

최원호가 막 고등학생이 되었을 무렵의 추억이었다.

그때 그들은 가족이었다.

세상 무엇과도 절대로 바꿀 수 없는 가족.

손철만은 그 지점을 힘주어 말했다.

"네 아버지와 어머니가 실종된 뒤, 너희 남매는 우리 부녀의 가족이 되었다. 영하가 실종된 뒤로는 그 친구들이 너희의 가족이 됐고. 그럼 지금은? 누가 너희의 가족일까?"

"……?"

"둔한 녀석 같으니라고. 여기 있는 헌터들 모두가 너희의 가족이다. 어떤 일이 벌어지더라도 등을 맡길 수 있는 사람들 아니냐? 그러니까 다들 여기까지 온 거지."

최원호는 조용히 고개를 끄덕였.

여기에 모여 있는 이들은 모두 가족이 된 지 오래였다.

그렇지 않았다면 희망이 보이지 않는 전쟁을 치르는 것은 불가능했을 것이다.

지옥 같은 현실을 견디게 해 주는 진통제이자, 죽음이 예정된 싸움을 피하지 않는 단 하나의 이유.

"……언젠가 네 자신을 잃어버릴 것 같은 때가 오면 이걸 생각해라. 네가 왜 여기까지 왔는지, 어떻게 올 수 있었는지, 너와 함께 여기까지 온 이들의 삶과 죽음을 생각하는 거다. 알겠냐?"

그 말에 정석진의 얼굴이 머릿속을 스쳤다.

최원호는 천천히 고개를 끄덕였다.

"네, 알겠습니다. 명심하겠습니다."

솔직히 얼마나 도움이 될는지는 모르겠다.

가족에 대해 생각하는 것?

어쩌면 말뿐인 이야기가 될 수도 있었다.

이제 완연히 자아의 수면 위로 올라온 '영원'의 신격은 최원호가 인간으로서 가진 것들을 휘발시키고 있었고…….

'거신의 조각을 더 가지게 될수록 감정이 사라지는 것이 느껴진다.'

마치 스노볼을 굴리는 것처럼.

그러니 감정을 느끼는 사건 자체가 일어나지 않을 확률이 더 크다는 판단이 들었다.

하지만 최원호는 그런 이야기를 입 밖으로 내지는 않았다.

불필요한 이야기였으니까.

'곧 수많은 헌터들이 죽을 것이다. 어쩌면 모두가 죽을지도 몰라.'

즉, 세상의 종말과 재탄생.

사라져 가는 모든 것을 향해 손을 흔드는 순간에 다른 이야기는 필요하지 않았다.

그러므로 최원호는 그저 말없이 웃으면서 손철만의 이야기에 귀를 기울이기만 했다.

그리고 새벽 5시.

"……왔군."

최원호는 여명과 함께 무언가가 나타났음을 깨달았다.

최후의 순간이 지평선 끝에서 모습을 드러냈다.

"적 발견! 북동쪽입니다!"

"엄청난 숫자가 관찰권 안으로 진입하고 있습니다!"

"파악 가능한 숫자는요?"

"계속 많아지고 있습니다! 581만 기…… 2,757만 기…… 8,910만 기……!"

"세상에."

"어, 억 단위로 넘어갔습니다. 더 이상 계측이 불가능합니다!"

헌터들은 동이 트는 풍경을 멍하니 바라보았다.

멸망이 그곳에 있었다.

타계에서 넘어온 몬스터들이 지평선을 가로로 까맣게 칠한 것처럼 아득하게 메워 버렸다.

지금까지 지구에서 사냥된 몬스터들을 모두 합치더라도 저렇게 많지는 않을 텐데.

"대열 가장 앞쪽에서 특별히 강한 개체들이 감지되고 있습니다."

"똑같은 수준의 4기가 있고, 그보다 더 강한 1기가 선두를 이끌고 있는 걸로 보입니다."

"마력 패턴을 감지 중입니다. 잠깐만, 이 패턴은 우리 데이터베이스에 있는데……?"

관측된 마력 데이터를 검토하던 헌터의 얼굴이 딱딱하게 굳어졌다.

이쪽을 향해 다가오고 있는 것의 정체를 깨달았으니까.

"조, 존 메이든입니다! 그가 가장 앞에서 우리 쪽으로 접근하고 있습니다!"

"……!"

보고를 받은 채윤기가 황급히 몸을 돌렸다.

곁에 있던 이규란 또한 상황을 직감하고 해변을 향해 시선을 돌렸다.

두 사람 모두 1초라도 빨리 최원호와 올노운에게 알려야 겠다는 생각이었다.

하지만 그 순간.

　[알림 : 당신은 죽었습니다.]
　[알림 : 당신은 죽었습니다.]

구우우…….

아스라한 백색 소음과 함께 그들의 세상이 하얗게 명멸했다.

고통이 없는 최후가 발밑에서 시작되어 두 사람을 고스란히 덮친 것이었다.

어떠한 징조나 예고도 없이 후방의 막사들이 일제히 뒤집히며 아수라장이 펼쳐진 그때.

"저, 적습이다! 경 팀장! 뒤로 물러나! 어서!"

"안됩니다! 원호가 맡긴 일이 있습니다!"

"뭐? 이러다 죽는다니까!"

경재현은 유광명과 실랑이를 벌이고 있었다.

사방에서 터지는 폭격 속에서 두 사람은 밀고 당기기를 하는 중이었다.

"걱정은 감사합니다만 헌터님 혼자 피하십시오. 저는 여기서 할 일을 해야 합니다."

"갑자기 무슨 말이오? 헌터도 아니고 일반인인 당신이 여기서 따로 할 일이 있다니! 그게 대체 무슨 일인데?"

"설명할 시간은 없습니다."

"할 일이 뭐냐니까!"

"아무튼 그런 게 있다고요!"

"이런 미친……! 아무리 그래도 일단 뒤로 몸을 피했다가 상황을 봐서……!"

그 순간, 유광명의 등 뒤로 시커먼 불꽃이 치솟았다.

칠흑처럼 어두운 아가리를 한껏 벌린 재앙.

순식간에 유광명의 하체가 휘말렸다.

"크아아악!"

"유광명 헌터님!"

"피, 피해! 피하라고!"

산 채로 찢기고 태워지는 고통이 그를 덮쳤다.

그러나 유광명은 마지막 힘을 짜냈다.

자신이 아닌, 경재현에게.

[스킬 : '얼티밋 프로텍션'.]

남은 모든 마력을 쏟아부어 강력한 보호 마법을 부여한 것이었다.

도대체 그 할 일이란 게 무엇인지는 모르겠지만.

'헌터도 아닌 일반인이 목숨까지 걸면서 남겠다고 하는데 그대로 둘 수는 없지. 부디 오래 살아남아라.'

유광명은 고통에 몸부림치면서도 희미한 미소를 남기고 눈을 감았다.

[알림 : 당신은 죽었습니다.]

살아 있는 헌터들이라면 알 도리가 없는 마지막 시스템 메시지가 안구에 새겨진 채로.

"유 헌터님……!"

경재현은 멍하니 유광명의 시체를 바라보고 있었다.

그러다가 문득 치솟아 오르는 구토감에 입을 틀어막았다.

동시에 기이한 고양감이 느껴졌다.

[알림 : 마력 각성이 시작됩니다.]

[정보 : 당신은 마력을 사용할 수 있는 각성자입니다.]

[안내 : 지금부터 레벨 업을 할 수 있습니다.]

마력 각성!

성년을 훌쩍 넘긴 경재현에게 기적이 일어난 것이었다.

하지만 전혀 즐겁지 않았다.

이미 세상은 멸망에 가까워져 있고 사방은 폭음이 치솟는 아수라장이 되어 있었다.

함께 웃고 떠들던 이들이 마구잡이로 죽어 나가는 지옥도의 한복판이었으니까.

[정보 : 게이트에 입장하여 몬스터를 사냥해 보세요.]

[정보 : 사냥 경험치를 쌓으면 레벨이 오르고 스탯을 향상시킬 수 있습니다……]

"이딴 게 다 무슨 소용이야!"

경재현은 신경질적으로 눈앞의 시스템 창들을 전부 치워 버렸다.

그러고는 주머니 속에 있던 물건을 꺼내어 손에 쥐었다.

마치 작은 스마트폰처럼 생긴 그것은 잠수정 컨트롤러였다.

'지금은 이게 훨씬 더 중요해.'

최원호와 재회한 손철만이 부산 게이트에서 탈출할 때 사용했던 잠수정을 조종하는 장비였다.

지금 손철만의 잠수정은 괌 섬의 북쪽 바다 깊은 곳에서 쥐 죽은 듯 잠항을 하고 있는 상태.

최원호가 경재현에게 맡긴 임무의 대상은 그 안에 잠들어 있었다.

"장세현……."

장세현은 생명 유지 장치를 통해 가사 상태에 든 채로 이 곳까지 와 있었다.

그리고 경재현의 임무는 그녀가 탄 잠수정을 조종하는 것 이었다.

때가 되었을 때 수면 위로 부상할 수 있도록.

최원호가 신호를 보냈을 때 그녀가 등장할 수 있도록…….

콰아아앙!

순간 급격한 폭격이 일어나며 주변의 땅과 벽이 일제히 뒤 집혔다.

부서진 막사의 잔해들이 해변의 모래알들과 뒤섞여 새벽 공기를 어지럽혔다.

그럼에도 털끝 하나 다치지 않았다.

이상함을 느낄 새도 없이 경재현은 무언가를 발견하고 고 개를 들어 올렸다.

두 사람이 얼굴을 마주하며 대치하고 있었다.

"생각보다 늦었어, 존 메이든."

최원호.

그는 기습으로 인해 초토화된 클로저스의 헌터들 따위는 보이지도 않는다는 듯, 완전히 등을 지고 서 있었다.

"기다렸다면 미안하군."

그리고 무수히 많은 몬스터들을 이끌고 나타난 존 메이든은 장내를 둘러보며 뭔가를 골똘히 생각하는 중이었다.

마치 누군가를 찾는 듯한 눈빛.

올노운을 찾는 걸까?

"……?"

을씨년스러운 침묵을 주고받는 헌터들을 지켜보던 경재현은 순간 오싹함을 느꼈다.

괴상한 기시함이 그들 사이에 섞여 있었다.

"……!"

최원호의 도플갱어들.

방금 공장에서 찍어 낸 것처럼 완벽하게 똑같이 생긴 얼굴들이 존 메이든의 뒤편에 서 있었던 것이다.

원본보다 오히려 더 인간적이고 자연스러운 표정으로 짓고 있는 미소는 그 자체로 섬뜩하기 그지없었다.

경재현은 뒤늦게 떠올렸다.

'원호가 피 몇 방울 건네주고 장세현을 받아 냈다고 했었지.'

그 결과 무려 4명의 도플갱어들이 만들어졌다.

당시의 최원호만큼 무소불위의 전투력을 갖춘 개체들.

경재현은 두려움으로 마른침을 꿀꺽 삼켰다.

어쩌면 이 코그니시앙 일족이야말로 가장 위험한 세력이 아닐까?

그때 젖은 해변을 딛고 서 있던 최원호가 입을 열었다.

"레벨 299? 페이즈 2의 한계점을 뛰어넘었군. 스탯 합계도 비정상적으로 높고. 어떻게 한 거지?"

"⋯⋯."

상대의 표정이 딱딱하게 굳어졌다.

넘겨짚은 것이 아니었다.

존 메이든의 지금 최원호가 자신의 스테이터스를 훤히 들여다보고 있다는 사실을 분명하게 느낄 수 있었다.

등 뒤에서 올노운이 등장한 것은 바로 그 순간이었다.

[스킬 : '번천섬검 천뢰격'.]

모든 것을 내던지는 기습 공격이 옛 친구의 목을 갈랐다.

배후에서 등장한 것은 은색의 선.

허공을 가로로 찢으며 나타난 올노운의 무명검은 등장과 함께 분화를 시작했다.

수천 갈래의 선으로 쪼개지고 공간을 찢고 가르며 목표를 향해 쇄도했다.

하늘을 불사르는 빛의 검에는 한 치의 망설임도 없었다.

'죽어라. 다른 유감은 없다.'

쉭!

몸통에서 잘려 나간 존 메이든의 머리가 피를 뿌리며 모래 바닥을 뒹굴었다.

기습 공격을 예상하지 못한 듯했다.

누구도 감히 손쓸 수 없었을 완벽한 기습.

세상에 둘도 없었던 친구의 목을 직접 베면서도, 올노운의 검술은 완전무결함을 놓치지 않았다.

하지만 다음 순간.

"좋군, 좋아. 내가 보았던 너의 검술 중에서 방금이 가장 좋았다. 한 단계 올라섰다고 할 수 있겠구나, 올노운."

"……!"

"왜? 잘린 목이 말을 해서 놀랐나?"

회수되던 올노운의 칼끝이 파르르 흔들렸다.

잘린 머리통이 자신을 향해 빙긋 미소를 짓고 있었기 때문이다.

일격은 완벽했고, 바닥에 떨어진 존 메이든의 머리는 허상따위가 아니었는데.

그리고 반격은 올노운이 당황한 순간에 이루어졌다.

푸푹!

새카만 칼날 두 줄기가 올노운의 가슴을 교차로 꿰뚫었다.

최원호의 모습을 고스란히 옮겨 온 도플갱어 클론들이 허리께에서 해청을 뽑아 직선으로 내지른 것이었다.

마찬가지로 완벽했던 일검.

[스킬 : '신묘발도'.]

[스킬 : '신묘발도'.]

올노운은 피를 왈칵 토해 냈다.

"컥……."

"아악!"

어디선가 한겨울의 비명이 들려오며 거대한 마법 번개가 수십 차례나 연달아 내리꽂혔다.

하지만 존 메이든과 도플갱어들은 털끝 하나도 그을리지 않았다.

마치 우산을 씌운 것처럼 흑색의 반구가 머리 위를 보호하고 있었다.

"재밌군요. 친구의 뒤를 치려다가 다시 친구에게 뒤를 잡힌 꼴이라니……. 끌끌끌."

존 메이든의 그림자 속에서 시커먼 형체가 끓어오르며 조소를 터트렸다.

디멘션 하트의 조각을 담보로 삼아 신인류에 가담한 모든 헌터들의 영혼을 응집하여 만들어 낸 암흑 생물.

이 키메라를 움직이는 것은 바로 이사장이었다.

그의 비웃음을 들으며 올노운은 천천히 무너졌다.

"최, 원…… 죄……."

올노운은 죄송하다고 말하고 있었다.

직접 입안한 기습 계획이 수포로 돌아갔음에 대한 사과

였다.

이 일대를 완벽하게 지배하고 있는 최원호는 그의 마지막 의지를 정확하게 느낄 수 있었다.

실소가 새어 나왔다.

'마지막 순간에 이미 실패한 작전에 사과를 하다니.'

그보다는 딸에게 마지막 인사를 하는 쪽이 낫지 않을까.

그런다고 실패한 일을 되돌릴 수 있는 것도 아닐 텐데.

부녀의 비극은 연이어 벌어졌다.

광학 위장을 이용해서 주변을 맴돌며 마법 공격을 쏟아붓던 한겨울의 그림자가 한순간 두 갈래로 찢겼다.

[권능 : '대적자 재규어의 혈조'.]

팟!

최원호의 도플갱어 하나가 튀어나와 단숨에 한겨울의 몸통을 베어 가른 결과였다.

보이지 않는 움직임을 대체 어떻게 파악한 것일까.

"……!"

칼날보다도 예리한 맹수의 발톱에 한겨울은 외마디 비명한번 지르지 못하고 즉사했다.

피는 마치 새벽 어스름을 장식하듯 백사장에 쏟아졌다.

부녀의 허무한 죽음에 싸늘한 정적이 내려앉았다.

누군가 간신히 중얼거렸을 뿐.

"신이시여……."

헌터들의 눈동자에는 끝을 알 수 없는 공포와 절망이 서려 있었다.

애써 전의를 끌어 올리던 노력은 모두 무의미하게 느껴졌다.

비록 페이즈 2가 시작될 때 잠시 뒤쳐졌다고는 하나, 올노운은 명실상부 한국 최강의 헌터이자 세계 최고 수준의 헌터였다.

그런데 너무나 허망하게 죽었다.

직계 후계자인 한겨울 또한 변변찮은 반격 한번 해 보지 못하고 최후를 맞이했다.

'디멘션 하트를 나누어 가졌다며? 둘 중 한 사람이 사망하면 힘의 계승이 일어나는 것 아니었어?'

'설마 힘의 계승이 이루어졌는데도 저 클론에게 일격에 당했다……?'

'그럼 도대체 최원호는 얼마나 강하다는 거야?'

도플갱어 클론은 무려 4명이나 있었다.

천문학적인 숫자의 몬스터들이 몰려들고 있었지만 클로저스 연합은 이미 너무 많은 손실을 입은 상태.

이제는 무슨 짓을 해도 이길 수 없으리라는 무력감이 헌터들을 무겁게 짓눌렀다.

하지만 바로 그 순간.

"존 메이든, 대답해라. 어떻게 페이즈 2의 한계점을 극복했지?"

"……?"

최원호는 아무렇지 않은 얼굴로 존 메이든에게 질문하고 있었다.

무슨 일이 있었냐는 듯 태연한 표정이었다.

너무나 비인간적이다.

헌터들은 기가 질릴 지경이었다.

올노운과 한겨울이 죽은 것 따위는 대수롭지도 않다는 것일까?

지금껏 전선에서 동고동락하던 동지이며, 자신의 스승이 목숨을 바쳐서 구해 낸 사람인데?

"내가 레벨 한계를 돌파할 수 있었던 것은 시스템을 탈출한 덕분이다."

팔을 움직여 자신의 머리를 집어 든 존 메이든이 대답한 말이었다.

그는 분리되었던 자신의 머리를 몸통 위에다 올려 두었다.

그러자 시커먼 그림자가 점액질처럼 일어나서 조직을 이어 붙였다.

마치 컵받침에 커피 잔을 올려 두는 것처럼 간단하고 자연스러운 동작.

한때 인류의 희망이라고 불렸던 남자는 모두를 둘러보며 작게 조소했다.

　　"의외로군. 그 정도는 꿰뚫어 볼 수 있을 것이라고 생각했는데? 시스템이 진실을 가리는 '장막'이라는 사실은 누구보다 당신이 잘 알고 있는 것 아닌가? 시스템은 헌터들을 구속하기 위해 만든 체계지."

　　"……."

　　그의 말에 최원호는 대꾸하지 않았다.

　　완전히 틀린 말은 아니었으니까.

　　존 메이든이 발언한 대로였다.

　　'시스템은 진실을 가리는 장막이며 헌터들을 구속하기 위해 만든 체계다.'

　　사실 이 세상에는 시스템이 없더라도 큰 문제는 없다.

　　오히려 모든 것이 단순하고 명료해진다.

　　페이즈라는 구실로 한계가 걸려 있던 헌터들이 모두 자유롭게 풀려나 세상을 휘저을 테니까.

　　그들은 자유롭게 게이트를 공략하고 더 많은 피를 흘리게 될 것이다.

　　그러므로 시스템은 대신격의 입장에서도 불필요한 장치였다.

　　하지만 그럼에도 이 체계를 만들고 유지시켰던 이유는…….

　　"인간의 격으로는 감당할 수 없는 힘을 손에 넣었을 때를 근본적으로 방지하기 위해서다. 헌터들을 위해서 존재하는 거지."

최원호는 신성의 주인으로서 그것을 알고 있었다.

물론 존 메이든에게는 씨알도 먹히지 않았다.

"시스템이 헌터들을 위해서 존재한다고? 웃기는군. 그딴 소릴 믿으라는 건가?"

"인간의 격에 걸맞지 않은 힘을 가지게 되면 필연적으로 붕괴가 일어나게 되거든."

"……?"

"극의에 이른 필멸자가 무저갱에 잠식되는 것. 그걸 방지하기 위해 '장막'이 있는 거다. 몬스터들에게는 '사명'이 주어지는 것이고."

"무저갱에 잠식된다?"

존 메이든은 최원호에게 다시 질문했다.

"그럼 무저갱에 잠식되면 어떻게 되는 거지? 장막은 무엇으로부터 헌터들을 보호하고 있는 건가?"

그러자 돌아오는 대답.

"모든 가능성. 모든 종류의 붕괴로부터 보호하는 것이지."

"허튼소리."

그것은 존 메이든으로서는 이해하기 어려운 설명이었다.

시스템을 초월하여 아득한 힘을 손에 넣었지만, 아직 '거신의 조각'은 가지지 못했으니까.

그는 각 차원과 게이트가 맺고 있는 관계를 완전히 이해하지 못하고 있었다.

"아니, 시스템은 족쇄다. 그따위 사탕발림으로 우리를 현혹할 수 있다고 생각했나?"

시스템의 용도에 대해 존 메이든이 받아들이지 못하는 것도 무리는 아니었다.

최원호는 조용히 웃었다.

"좋을 대로 생각해. 어차피 이해를 구하려고 꺼낸 이야기는 아니었어. 아니, 덕분에 나는 일이 쉬워졌으니 고맙다고 해야겠네."

말이 떨어짐과 동시에 최원호로부터 미증유의 힘이 터져 나왔다.

"……!"

두 번째 거신의 조각을 얻으며 달성한 2차 각성의 결과.

[알림 : 새로운 자격 '탈각'이 활성화됩니다.]

[알림 : '영원'의 권세가 활성화됩니다.]

사방을 향해 장악력이 뻗어 나간다.

인간의 형(形)을 벗어난 대신격의 주인으로서, 최원호가 가진 모든 힘이 하나로 합쳐져 휘몰아치기 시작한 것이다.

[안내 : 지구―1 '순수 인간계' 일부가 정식 게이트 영역으로 지정 됩니다.]

[알림 : 특수 게이트 '최후의 장'에 입장했습니다.]

[정보 : 게이트 통제권을 행사할 수 있습니다!]

권한을 손에 넣은 순간, 최원호는 간단히 명령했다.

"지금부터 무자격자를 배제한다."

그러자 존 메이든은 눈을 부릅떴다.

뒤통수를 묵직하게 때리는 어지럼증과 함께 도저히 참을 수 없는 감각이 목을 조르기 시작했다.

"그웨에엑……!"

결국 그는 격렬한 구토를 시작했다.

마치 뱃속의 내장이 모조리 끊어지는 것처럼 쥐어짜는 감각이 모든 방향에서 덮치고 있었다.

여태껏 경험해 본 적 없었던 끔찍한 거력이 자신을 압착기처럼 짓눌렀다.

한동안 보지 못했던 시스템 메시지들이 눈앞으로 연이어 떠오른 것은 그 순간이었다.

[알림 : 현재 시스템에 소속되지 않은 무자격자를 제거하는 작업이 실행되었습니다.]

[안내 : 당신은 자격을 갖추지 못했습니다.]

[경고 : 존재성이 파괴됩니다. 즉시 게이트에서 탈출하십시오!]

경고 메시지가 말한 것처럼 즉시 이 자리에서 탈출해야 했다.

하지만 태평양 일대 전체가 게이트 시스템의 통제 영역으로 지정된 상황.

최원호는 그저 따라오는 것만으로 존 메이든을 파괴할 수 있었다.

탈출을 통해 위기를 모면하는 것은 불가능했다.

[알림 : 검출된 개체는 47,966기……]

"시스템에서 탈출한 놈들이 이렇게 많았나."

최원호는 입술을 비틀었다.

이는 시스템에 구멍을 낸 이레귤러들을 제거하는 과정과도 같았다.

그들은 '지구-1' 차원의 시스템에 등록되지 않았거나 그 자격을 스스로 훼손시켰으므로 시스템에 의해 일괄적으로 소거되는 작업에 휘말리게 되었다.

이 작용은 신인류 헌터들이 하나의 비정상적 개체로 뭉쳐 만들어진 암흑 생물에게도 마찬가지로 적용되는 것.

"끄어어어어어억!"

마치 존재 자체를 파괴하는 듯한 끔찍한 고통이 그림자를 쥐어짰고, 이사장의 형태는 분수처럼 치솟았다.

신인류 헌터들 각자가 훼손한 자격만큼 비례하여 통제력이 집중되고 있었다.

전혀 예상하지 못했던 전개에 그들이 택할 수 있는 방법은 하나뿐.

"마, 막아!"

"모두 놈을 쳐!"

클론들에게 원본을 추살하라는 명령이 떨어졌다.

그와 동시에 타계의 몬스터종도 행동을 시작했다.

"이거 재밌게 돌아가는군!"

"원 지구의 거주자들이 서로 죽고 죽인다면 우리야 더할 나위 없지!"

"가자! 우리가 원시 지구를 차지한다!"

군세를 이끄는 계외자들과 해청을 쥔 도플갱어 클론들이 밀려들고 있었다.

그들은 지구의 시스템과 하등 관계가 없었기에 최원호의 영향력으로부터 완벽하게 자유로웠다.

지켜보던 헌터들은 이를 악물었다.

"여기까지인가."

"씨발……."

"한 놈이라도 베고 죽는다!"

모두가 끝났다고 생각했다.

미지의 힘을 무기로 삼아 휘두르는 최원호에게도 그 모든 공세를 이겨 내는 것은 도무지 불가능하게 보였다.

하지만 그는 여전히 표정이 없었다.

"……."

오싹하게 느껴지는 비인간적인 눈빛.

최원호는 태연자약한 표정으로 아공간을 열어 필요한 것을 꺼냈을 뿐이었다.

그의 손에 들린 것은 바로 '녹왕의 피'였다.

자하르를 처음 만났을 때 얻은 혈액.

'우선은 도플갱어 클론들부터 처리하자.'

꿀꺽, 꿀꺽, 꿀꺽!

최원호는 유리병에 든 혈액을 제 입안으로 단숨에 털어 넣었다.

그러자 새로운 시스템 메시지가 떠올랐다.

[알림 : '녹왕의 피'를 흡수했습니다.]

[정보 : 일시적인 효과 '녹왕 강림'을 사용할 수 있습니다.]

명령에는 망설임이 없었다.

"강림."

[안내 : 거인종의 지배자 '녹왕 자하르'가 당신을 통해서 부활합니다!]

[경고 : 육체가 훼손될 수 있습니다!]

강대한 거인왕의 재림에 인간의 육체가 버티지 못할 수도 있다는 경고 메시지였다.

그러나 걱정할 필요는 없었다.

'녹왕 강림'이라는 트리거에 반응한 것은 최원호의 본신이 아닌 별개의 육체들.

쾅! 쾅! 콰앙! 콰아아앙!

인조품이라는 사실을 증명하듯 시퍼런 피가 튀어 올랐다.

해변을 향해 달려들던 도플갱어 클론들의 팔다리가 폭죽처럼 비산하고 있었다.

"쓰, 쓰러졌다!"

"최원호 마스터의 클론들이 쓰러졌어!"

헌터들로부터 새된 목소리가 터져 나왔다.

끝이 보이지 않을 정도로 많은 군세 앞에서 그들은 모든 희망을 버린 상태였다.

하지만 상황에 균열이 일어났다.

"지금이라도 벽을 세워!"

"전원 농성 작전을 시작한다!"

"지형 변화 개시!"

도무지 넘을 수 없는 벽처럼 보였던 최원호의 도플갱어들이 일거에 쓰러지자, 그들은 새로운 빛을 본 것처럼 일사불란하게 움직이기 시작했다.

　우선 해변으로 몰려드는 몬스터들의 흐름부터 막아 놓고 하나라도 더 죽이겠다는 필사의 각오였다.

　이는 최원호의 노림수가 정확히 작동한 결과였다.

　'균열이 생기면 붕괴도 가능한 법이지.'

　일전에 자하르가 남긴 피를 이용한 덕분이었다.

　진세희의 몸에 깃들어 있던 그 거대 존재는 어디론가 사라졌다.

　천사종이 된 손영하를 만났던 등급 외 게이트에서 벌어진 일.

　요정 왕녀 이엘린과 해청 또한 무저갱에 떨어져 있을 것이다.

　'영하 누나는 천사계의 조각을 가지고 있었으니 천사종 게이트를 완벽하게 통제할 수 있었을 것이다.

　게이트의 구성 요소 일부를 바깥으로 내치는 일쯤이야 손바닥 뒤집듯 할 수 있었겠지.'

　추측에 불과했지만 거의 확실시되는 이야기였다.

　이제 천사계의 조각은 최원호에게 있었으니 어렵지 않게 짐작할 수 있었다.

　그렇다면 그들을 무저갱에서 끄집어낼 방법은……?

'단서와 에너지만 충분하다면 곧바로 건져 낼 수 있다.'

단서는 무저갱에 떨어진 이들이 남긴 무언가를 의미했다.

자하르가 남긴 '녹왕의 피'처럼 존재의 기원이 깃든 물건이 남아 있는 상황이라면, 당장이라도 끄집어낼 수 있었다.

그리고 최원호는 그 혈액의 일부를 사용한 뒤였다.

─수종이시여. 저는 당신의 피를 사고 싶습니다. 저에게 한 방울씩 파십시오. 꽤 괜찮은 거래 아닙니까?

북해도의 설원에서 데라쉬와 대면했던 그때.

자신의 피를 원하는 장사꾼에게 피를 넘겨주며 자하르의 것을 섞어 주었다.

천국나비의 환상을 이용한 덕분이었다.

흡혈뱀의 기생충도 섞어 두긴 했지만 아쉽게도 그건 걸러진 모양.

'차라리 잘됐지. 데라쉬는 흡혈뱀의 기생충을 걸러 내며 아무런 문제가 없다고 생각했을 테니까.'

녹왕의 피는 자폭 장치나 다름없었다.

강림이 일어나기 전까지는 쥐 죽은 듯이 잠들어 있다가 즉시 육체를 터트려 버릴 수 있는 자폭 장치.

남은 피를 마심으로써 명령권을 획득한 최원호는 즉시 그 방아쇠를 당겼다.

누군가 앞으로 튀어나왔다.

"뭐, 뭐야! 어떻게 된 거야! 내 클론들이……!"

당황해서 고함을 내지르는 계외자는 바로 데라쉬였다.

어렵게 만들어 낸 클론들을 모조리 잃어버린 그는 도저히 믿을 수 없다는 듯 눈을 껌뻑거리고 있었다.

최원호는 놈을 향해 피식 웃었다.

"내가 복제품 따위를 그냥 둘 줄 알았나?"

"대체 어떻게! 무슨 장치를 한 거야!"

"설명할 의무는 없지."

데라쉬에게 구구절절한 이야기를 늘어놓는 대신, 최원호는 미뤄 두었던 일을 하기로 했다.

사실은 코그니시앙 일족을 만난 그 순간부터 하고 싶었던 일이었다.

"이제 너희와 거래할 일은 없겠어."

"……!"

[권능 : '수왕의 만 갈래 칼'.]

최원호가 전면을 향해 손바닥을 펼치자 세비지 에너지가 부채꼴을 이루며 방사되었다.

목표가 도망갈 곳을 미리 점거하는 범위 형태의 공격이었다.

"건방진 놈! 날 그렇게 쉽게 잡을 수 있을 것 같으냐!"

그 의도를 읽은 데라쉬는 입술을 비틀며 후방으로 몸을 빼려 했다.

일대일 전투력은 당해 낼 수가 없으니, 일단 거느린 권속들을 전면으로 내세워서 방패로 삼겠다는 동작이었다.

하지만 늦었다.

[권능 : '수왕의 광휘'.]

"크아아악!"

최원호의 눈동자에서 고밀도의 광선이 쏟아져 나오며 데라쉬의 머리를 관통했다.

코그니시앙 일족의 권속들이 그 앞으로 뛰어들어 광선을 가로막았지만 소용없었다.

최원호는 세비지 에너지를 아낌없이 퍼부어 그들 모두를 태워 버렸다.

집요함을 넘어서 지독함마저 느껴지는 공격.

"허억……."

결국 데라쉬는 머리가 완전히 익은 채로 털썩 쓰러졌다.

허와 실을 제대로 분간하지 못한 결과였다.

그리고 다음 순간.

"제기랄, 이번엔 가짜 몸이냐?"

"그것도 완전하지도 못한 상태군. 쯧."

"그래도 코그니시앙 놈들에게 한 방 먹여 주니 기분은 좋구나."

"조금만 일찍 불러내지 그랬느냐?"

부서진 도플갱어 클론들이 마치 좀비처럼 비척비척 몸을 일으키고 있었다.

바로 자하르였다.

그리고 최원호의 내부에서도 목소리가 들려왔다.

ㅡ어허, 그런 일이 있었군. 무서운 일이구나. 이 세계가 '영원'에 의해 불멸 회귀하고 네가 그 매개체라? 더구나 그 과정에서 네 연인이 희생까지 감행했다니…… 실로 큰 비극이다, 크나큰 비극이야.

그 역시 자하르였다.

녹왕의 피를 나누어서 마신 결과, 도플갱어들에게 자하르가 스며든 것처럼 최원호 자신에게도 자하르의 의식이 강림한 결과였다.

몸의 주인은 담담히 말했다.

"나가 주겠나. 지켜보는 건 바깥에서 해 주었으면 좋겠어."

ㅡ허어, 정말로 인간이 변했군, 변했어.

무저갱에서 돌아온 자하르는 최원호의 속내를 읽어 볼 수 있었고, 그가 겪은 일에 대해서도 정확히 파악했다.

ㅡ말해 보아라. 정말 네가 '영원'에게 휘둘리지 않고 이 불멸

회귀를 끝낼 수 있는 것이냐? 그럴 수 있다고 스스로 확신하느냐?

거인왕 또한 세계의 거주자였으므로 이는 당연한 걱정이었다.

그러나 최원호는 가타부타 대답하지 않았다.

"나가라. 강제로 몰아내기 전에."

ㅡ그래…… . 알았다, 알았어.

자하르의 의식이 최원호로부터 썰물처럼 빠져나갔다.

흐릿한 그림자의 형태가 된 그것은 부서진 도플갱어의 잔해들을 향해 날아갔다.

그리고 하나로 응집하기 시작했다.

멀쩡한 부속들을 한 군데로 모으고, 잠시 흩어져 있던 '녹왕의 피'를 일체화시키는 작업.

"후우우…… ."

순식간에 작업을 마친 자하르가 깊은 숨을 토해 냈다.

그녀는 쉼 없이 몰려드는 몬스터들의 바다를 돌아보았다.

"정말 엄청난 숫자로군. 거인계에서도 이런 규모의 웨이브는 본 적이 없어."

"이건 게이트가 아니니까."

"하긴. 게이트는 점진적인 성장을 위해 설계된 곳이니까 이렇게 무식하게 몰아닥칠 일은 없겠지. 너희 인간이 얼마나 버틸 수 있을지 모르겠구나."

"그런데 너 말이야."

"음?"

"꼭 다시 그 모습을 취해야 하는 건가? 이상하지 않나?"

"……크흠."

최원호가 기억하기에 거인왕 자하르의 본체는 분명 남성형이었다.

그렇기에 도플갱어 클론들을 이용하여 몸을 수복하려 한다면 남성 형태로 돌아가는 쪽이 자연스러울 텐데.

"왜 다시 진세희의 얼굴로 돌아간 거지?"

어찌 된 일인지 또다시 진세희의 몸과 얼굴을 취한 상태였다.

남성 형태인 최원호의 클론을 재조정해야 하니 오히려 에너지 소모가 더 있었을 텐데 말이다.

"글쎄. 왠지 이쪽이 자연스럽게 느껴진다."

"……?"

"나도 정확히 설명할 수는 없지만…… 아무래도 내 자아의 형태 자체가 이 세계에서 취했던 모습에 맞추어 변화한 듯하다."

"수백 년 동안 거인계에서 취했던 모습이 갑자기 변했다?"

"그래. 마치 이 모습이야말로 자연스러운 것이라는 것처럼 말이지. 조악하지만 그렇게 설명할 수밖에 없겠군."

그 말에 최원호는 어떤 예감을 느꼈다.

거인왕이 자신의 모습을 잃고 인간의 형태에 적응하는 것.

어쩌면 이건 거인계 자체가 소멸하게 되는 미래를 암시하는 대목이 아닐까…….

"그나저나 나는 빠져나왔지만 요정 왕녀 녀석과 너의 에고 소드는 여전히 무저갱 속에 잠들어 있는 상황이다. 최원호, 어떻게 할 것인가?"

이엘린과 해청?

최원호는 말없이 적들을 돌아보았다.

그리고 짧게 대답했다.

"무의미하게 소모되겠지."

"……뭐?"

"지금 이 싸움은 무의미하다. 단지 다음 장을 열기 위한 요식 행위에 불과해."

감정이 전혀 느껴지지 않는 그의 목소리에 자하르는 이맛살을 찌푸렸다.

"어떻게 그런 말을……! 목숨을 던지며 싸우고 있는 네 동족들이 보이지 않으냐? 설마 정말로 거신의 조각에 잠식되고 있는 것이냐?"

사실 최원호는 올노운과 한겨울이 죽는 것을 막을 수 있음에도 불구하고 막지 않았다.

존 메이든이 나타나자마자 녹왕의 피를 복용하고 자하르를 불러냈다면 부녀가 허망하게 죽는 일은 벌어지지 않았을 것이다.

하지만 그대로 두었다.

그들이 원했으니까.

그렇기 때문에 올노운이 기습 공격 작전을 입안하고 실행하는 것을 지켜보기만 했다.

"어차피 내가 매듭지어야 하는 싸움이지. 내가 아니면 모두 무의미한 것들 아닌가? 이 세상 전체가 무의미함을 향해서 가고 있는데, 저들의 삶과 죽음이 무슨 의미가 있지?"

최원호가 그 말을 내뱉은 순간.

짝!

순식간에 달려든 자하르가 그의 뺨을 올려붙였다.

그녀는 인간다운 눈으로 최원호를 노려보고 있었다.

"최원호, 너의 그런 마음을 경계해라. 네가 신격을 휘두르며 이 모든 세계들을 영원히 착취하는 것, 그것은 허무가 너를 집어삼켰기 때문에 생기는 일이다."

"꼭 거신이 되어 본 적이 있는 사람처럼 말하는군."

"대답해!"

"그래, 알았다. 경계하지."

앞서 손철만은 최원호에게 가족에 대해 이야기했다.

올노운과 헌터들은 죽음을 각오하고 싸웠다.

그리고 자하르는 허무함을 경계하라고 말하고 있었다.

'과연 어떻게 될까.'

서서히 인격이 마모되어 가는 것을 느끼며 최원호는 스스로도 의문스러웠다.

이대로 새로운 거신의 조각을 쥐게 되면, 정말로 모든 것이 휘발되어 버리는 것은 아닐까?

'끝까지 가 봐야 알 수 있는 일.'

이제 다음 단계를 밟을 차례였다.

이번에는 두 가지의 아티팩트가 최원호의 아공간 주머니에서 꺼내졌다.

동해 밑바닥의 차원 통로를 통해 야수계에 넘어갔을 때 받아 온 '붉은 독니'라는 이름의 단검.

그리고 도윤수가 거래 대상으로 삼았던 '시간 도둑 코볼트의 응집석'.

EX급 마력석이기도 한 코볼트의 응집석은 봄향이 유럽 전선에서 어렵게 발굴한 귀중한 물건이었다.

원래대로라면 도윤수에게 넘겨주어야 했을 거래품.

콰직!

하지만 최원호는 그것을 거침없이 파괴했다.

'붉은 독니'를 들어서 응집석 위에다 수직으로 내리꽂은 것이었다.

한 치의 망설임도 없는 행동에 곁에 있던 자하르가 흠칫 놀란 그 순간.

휘이이이이이-!

파괴된 돌덩이로부터 새로운 파장이 터져 나왔다.

이 세계가 아닌 어딘가로 흘러 들어가는 흐름이 생겨난 순간이었다.

문득 떠오르는 생각이 있었다.

'도윤수는 이렇게 될 줄 알고 시간 도둑 코볼트의 응집석을 구해 두라고 했던 건가?'

모르겠다.

하지만 덕분에 모든 퍼즐이 맞춰졌다.

흘러나오는 힘을 고스란히 흡수하며 최원호는 전무후무한 작업을 시작했다.

두 아티팩트를 동시에 다룸으로써, 시간을 통로로 삼아 서로 다른 세계를 연결하는 것이었다.

단검은 좌표가 되고 응집석은 길이 된다.

부족한 부분은 신성으로 보조하며…….

"시간 통제 개시."

그의 말이 떨어지자 완전히 낯선 종류의 시스템 메시지들이 출력되기 시작했다.

[시스템 : 일시적인 효과 '시간 통제'가 적용됩니다.]

[시스템 : 게이트 연결의 좌표점이 확인되었습니다. 연결 구간이 개설됩니다.]

[시스템 : 연결되는 차원은 지구—677 '야수계'입니다. 이중 게이

트가 형성됩니다.]

　[시스템 : 각 차원 간의 중첩이 이루어집니다. 환경이 복잡할 수
있습니다.]

　태평양의 상공에서 강렬한 섬광과 함께 모습을 드러낸 것
은 바로 수인종 헌터들이었다.

　"응? 여긴 어디지?"

　"어라? 워뇨 님……?"

　"왕이시여!"

　지상을 내려다보는 그들의 눈빛은 반가움과 황망함으로
마구 요동치고 있었다.

◢◤

　새벽 어스름이 걷힌 하늘에 거대한 연무가 낀 듯했다.

　차원의 연결을 통해 소환된 수인 헌터들이 어두운 창공을
수놓으며 느리게 하강하고 있었다.

　"자, 잠깐만! 저것들은 또 뭐야?"

　"사자? 호랑이 인간……?"

　"설마 새로운 몬스터들인가?"

　"아, 안 돼……!"

　몬스터들과 맞서 싸우던 헌터들은 혼란에 빠질 수밖에 없

었다.

그들은 최원호가 일으킨 이적에 대해 알지 못했으니, 수인 종들을 새로운 몬스터 군단쯤으로 여기는 것도 무리는 아니었다.

한편 혼란에 빠진 것은 수인종 쪽도 마찬가지였다.

"뭐지? 환상 마법인가?"

"이런 지형이 아니었는데……? 이게 대체 무슨 일이야?"

"저기! 왕이다! 우리의 왕께서 돌아오셨다!"

야수계 또한 타계의 침략을 받은 상태였기에 그들 또한 나름의 전쟁을 치르던 중이었다.

전투 중에 소환에 휘말린 수인 헌터들은 자신들이 처한 상황을 제대로 파악하지 못하고 서로 다른 이야기를 해 대고 있었다.

최원호는 그 사이에서 아는 얼굴 하나를 찾아냈다.

'붉은 독니'의 원래 주인으로서 마땅히 있어야 할 수인 헌터.

"……고르시그."

"오오, 왕이시여!"

최원호가 호명하자 붉은 뱀 일족의 전쟁 마법사가 반색했다.

고르시그는 돌풍과 함께 지상으로 하강하여 그에게 다가오려 했다.

그러자 지상의 인간 헌터들에게서 고함이 터져 나왔다.

"적습 경보! 반인반수 몬스터로 관측됩니다!"

"모두 연합장님을 보호해라!"

"방어 마법을 전개한다!"

피아식별이 되지 않았던 인간들은 고르시그의 접근을 위험 요소로 판단했다.

급변하는 상황이 빚은 오해였다.

최원호가 야수계와 인간계를 중첩시킨 것은 수인 헌터들을 지원군으로 삼기 위해서였다.

즉, 같은 편인 인간들과 싸워서는 안 될 일이었다.

하지만 이 상황에 대해 일일이 설명할 시간은 없었다.

'어쩔 수 없군.'

살짝 눈썹을 찌푸렸던 최원호는 세비지 에너지를 끌어 올리기 시작했다.

그리고 정신을 조종하는 권능을 전개했다.

[권능 : '수왕의 염의'.]

마치 수면에 손을 댄 것처럼 공기 중의 마력이 크게 너울치기 시작했다.

최원호로부터 시작된 파장에 실린 것은 선명한 염상이었다.

⟨들어라······.⟩

언어의 틀을 뛰어넘어, 수하들에게 군주의 의지를 그대로 주입하는 강대한 심상.

아주 오랜만에 전해진 수종(獸宗)의 메시지에 고르시그는 그 자리에 멈춰 섰다.

고르시그뿐만이 아니었다.

모든 수인종과 인간 헌터들이 최원호를 바라보고 있었다.

"왕이시여······ 변하셨군요. 무슨 일이 있으셨던 건가요?"

호인 일족의 후계자인 백호 '마네란'의 물음이었다.

그녀는 하라칼과 함께 오랫동안 게이트 공략을 수행했던 후기지수였다.

당연히 최원호의 변화를 곧바로 알아차릴 수 있었다.

다른 수인들도 무언가 변했음을 느끼고 있었다.

'왕께서 이상해졌다.'

'우리가 알던 왕이 맞으신가?'

'뭔가 무서운데······.'

차갑게 식은 그의 인격이 의념에서부터 묻어나고 있었으니 다들 의문을 가질 수밖에 없었다.

하지만 최원호는 해명하지 않았다.

그는 그저 명령했다.

〈전쟁을 수행하라.〉

수인종과 인간들 전부에게 행동을 강제한 것이다.

파장을 따라 흐르는 세비지 에너지가 전염을 일으키듯 정신세계의 가장 깊숙한 곳을 긁었다.

모든 헌터들의 눈빛이 돌변했다.

마치 최면에 걸린 것처럼.

"위대한 야수왕께서 우리와 함께하신다!"

"발톱으로 적을 찢는 영광을……!"

"전원 연합장님의 명령을 수행해라!"

인간과 수인종, 각종 몬스터들이 뒤엉키는 난전이 시작되었다.

수인종 하나가 최원호에게 달려든 것은 바로 그때였다.

"워뇨!"

케이샤.

후계자에게 힘을 물려주며 상당히 약화가 진행되긴 했지만, 그녀는 최원호의 영향력으로부터 자유로울 수 있는 몇 안 되는 고위 헌터.

"이게 어떻게 된 것이냐! 왜 우리를 너희 세계의 전장에 끌어들인 것이야! 약속과 다르지 않나!"

늑대 수인족의 족장이자 수인종의 대족장으로서 설명을 요구하려 했다.

분명 공식적인 지원군은 없다고 합의했었는데 뒤통수를 맞은 셈이었으니 케이샤가 송곳니를 드러내는 것은 지극히 당연했다.

그녀는 야수계를 이끄는 지도자로서 분노를 토해 냈다.

"대답해라!"

그럼에도 친구로서 항의한다면 납득할 만한 대답을 들을 수 있을 것이라고 생각했다.

하지만 최원호는 말없이 힘을 펼쳤다.

[권능 : '불신자 하이에나의 불꽃'.]

송곳으로 뒤통수를 찌르는 듯한 날카로운 예기가 늑대의 머리통을 파고들었다.

"이, 이건……!"

그 영향력에 케이샤의 몸이 뻣뻣하게 굳어졌다.

굳건했던 그녀의 정신 장벽이 거짓말처럼 무너져 내리기 시작했다.

손쓸 새도 없었다.

내면세계가 뒤집히고 의식이 휘발되어 가고 있었다.

"워뇨! 워뇨오!"

긴 세월을 동고동락하면서 친구, 동료를 넘어 가족이라고 믿었던 최원호였다.

그런 그가 무자비하게 자신의 의식을 공격하고 있었으니 케이샤는 더더욱 큰 충격에 빠질 수밖에 없었다.

〈불신자 하이에나의 불꽃〉

[권능] 세비지 에너지를 일정 범위에 투사하여 정신 체계에 틈입해 명령 구조를 설치한다. 이후 피술자는 명령권자의 의지에 무의식적으로 따르게 된다.

이것은 사악한 권능이었다.

악마의 권능이라고 불리는 '배신자 하이에나의 그림자'의 상위 단계였기에 어지간한 수인종들은 연구조차 허용되지 않은 권능이었던 것이다.

하지만 최원호는 한 치의 망설임도 없이 사용했다.

케이샤는 배신감 속에서 마지막 고함을 짜 냈다.

"어째서! 왜!"

상대에게서 돌아오는 대답은 없었다.

결국 정신을 완전히 지배당한 케이샤는 의지를 잃고 전선으로 투입될 수밖에 없었다.

'정말 괜찮은 걸까.'

돌아가는 상황을 지켜보던 자하르도 할 말을 잃었다.

이러한 무자비함은 최원호가 대량의 신성을 사용하면서 빠르게 인격이 휘발된 결과였다.

그렇게 그가 인간이 아닌 신으로서 '탈각'을 이루어 가던 그때.

우윤아는 뜻밖의 인물들을 마주하고 있었다.

"당신들은……? 설마 돌아온 건가요? 이제야?"

사실은 기이한 책임감이 그녀를 괴롭히던 중이었다.

전쟁의 흐름이 이렇게 되리라고는 전혀 예상하지 못했다.

'다른 차원과 우리 세계를 중첩시켜서 전쟁을 뒤섞어 버리다니.'

우윤아는 멍하니 지켜볼 수밖에 없었다.

지구에 속한 인간 헌터들의 입장에서 보자면 나쁜 일은 아니었다.

하지만 타계의 전쟁에 휘말리게 된 수인종들에게는 마른 하늘의 날벼락과도 같은 일이었다.

최원호는 자신과 44년이라는 긴 시간을 함께했던 동지들을 가차 없이 이용하고 있었다.

두려움이 엄습했다.

'정말 이대로 그가 인격을 완전히 잃어버리게 되면? 모두 끝장나는 게 아닐까?'

우윤아의 걱정은 인간다운 것이었다.

마치 최원호가 신격을 향해서 상승하는 사이, 자신은 인격을 향해서 떨어지는 것처럼 그녀는 불안에 떨고 있었다.

바로 그때, 뜻밖의 목소리들이 등장했다.

"처음 뵙겠습니다, 세계의 수호자이시여."

"혹시 오빠가 걱정되시나요?"

"당신들은……?"

우윤아는 등 뒤에서 들려오는 목소리를 향해 돌아섰다.

그곳에 그녀조차도 전혀 예견하지 못했던 만남이 기다리고 있었다.

최신우와 도윤수.

백두산 천지에서 악마계로 향했으나 소식이 뚝 끊어졌던 두 사람이 아무런 기척도 없이 나타나 있었던 것이다.

"피차 초면이지만 저희가 누군지는 당연히 알고 계시겠죠?"

"물론이에요. 지구로 돌아온 건가요?"

"네, 그렇습니다."

"왜 이제야……?"

"사정이 있었거든요."

사정이라고?

그들과 이야기를 주고받던 우윤아는 잠시 고개를 돌려 최원호 쪽을 바라보았다.

수인종과 인간 헌터들을 부리며 엄청난 규모의 전투를

벌이고 있는 최원호는 아직 이쪽의 상황을 모르고 있는 듯
했다.

아니, 모르도록 안배된 상황이라고 해야 했다.

"오빠는 저희를 감지하지 못했어요. 저희가 그렇게 조치
했거든요."

"그럴 리가? 그게 어떻게 가능한 일이죠?"

이목을 속이기에는 지나치게 강한 존재.

지금 최원호는 '영원'의 힘을 휘두르고 있었다.

이 일대 전체를 게이트로 지정한 덕분에 사실상 신이나 다
름없이 막대한 힘을 휘두르고 있는 상황이었다.

하지만 최신우는 빙긋 웃었다.

"이쪽도 같은 힘을 사용하고 있어서 가능한 일이죠."

"네?"

같은 힘이라니?

머릿속에서 떠오른 생각에 우윤아는 흠칫 굳어질 수밖에
없었다.

"……아니, 설마?"

비로소 그들의 모습이 제대로 눈에 들어왔다.

두 사람 모두 악마계로 넘어가기 전과는 확연하게 달라진
외견이었다.

우윤아는 가만히 이맛살을 찡그렸다.

"그렇군요, 시간이……."

그녀가 마주하고 있는 것은 20대의 앳된 얼굴이 아니었다.

40대 후반에서 50대 초반 정도.

지금 최신우와 도윤수 두 사람은 상당히 나이를 먹은 듯한 얼굴을 하고 있었다.

노화를 늦출 수 있을 만큼 높은 경지에 도달한 헌터임에도 세월의 풍파가 느껴질 정도였으니.

"그곳에서 시간이 꽤 많이 흐른 모양이군요."

"음, 70년 정도 흘렀죠."

"70년이나……!"

"아무튼 만나서 반갑습니다, 원시 지구의 보호자이시여."

"예, 저도 여러분을 다시 만나서 반갑습니다만, 조금 당황스럽긴 하네요. 아니, 사실은 많이 당황스럽습니다."

지구에서 살던 시절과는 판이하게 달라진 두 남녀.

최신우와 도윤수는 아수라장이 된 장내를 둘러보면서도 희미한 미소를 짓고 있었다.

우윤아는 그 모습에서 어떤 기시감을 느꼈다.

원래 세계를 떠난 뒤, 70년이라는 긴 세월을 악마계에서 보낸 이들이 때마침 이 타이밍에 돌아온 이유는…….

"두 분, 악마계의 조각을 가지고 있으신가요?"

"네."

"그리고 그걸 최원호 헌터에게 넘겨줄 생각이시고요?"

"비슷해요. 필요하게 될 테니까요. 하지만 그냥 넘겨줄 수는 없잖아요?"

"……?"

앞서 '이쪽도 같은 힘을 사용하고 있다'는 이야기가 나왔을 때, 우윤아는 최신우가 거신의 조각을 가지고 돌아왔음을 짐작할 수 있었다.

그리고 이렇게나 공교로운 타이밍에 모습을 드러냈다는 지점에서 최원호에게 거신의 조각을 넘겨줄 목적이 아닐까 추측할 수도 있었다.

하지만 그 이상은 알 수 없었다.

'거신을 조각을 주긴 줘야 하지만 그냥 넘겨줄 수는 없다고?'

이들은 무슨 생각으로 70년 만에 지구로 돌아온 것일까?

다행인지 불행인지, 두 사람의 계획은 우윤아의 협조가 반드시 필요한 것이었다.

"수호자님께서 악마계의 조각을 맡아 주세요."

"……네?"

"그리고 오빠의 폭주를 막아 주세요."

"그게 무슨 말인가요!"

"말 그대로입니다. 최원호 헌터님이 '영원'의 대신격에 잡아먹히는 상황을 방지하는, 일종의 안전장치가 되어 달라는 말씀입니다."

도윤수가 부연 설명을 했지만 우윤아는 더 큰 혼란에 빠졌다.

정말로 이상한 이야기를 들은 듯했다.

"잠깐, 잠깐만요! 여러분이 악마계의 조각을 가지고 돌아왔다는 건, 이건 여러분이 악마계를 종결했다는 뜻 아닌가요?"

"맞습니다."

"저희도 END급 게이트를 공략하고 돌아왔죠."

"그럼 직접 안전장치가 되시면 되잖아요? 그런데 왜 저에게……?"

뜬금없이 이런 중책을 맡기는 것일까?

최원호만큼이나 강대한 힘을 가질 수 있는 기회일 텐데.

우윤아는 그것을 이해할 수 없었다.

하지만 그녀가 미처 생각하지 못한 것이 있었다.

최신우는 그 지점을 들춰냈다.

"수호자님, 당신은 본인이 무엇이라고 생각하시나요? 분명히 생각해 본 적 있으실 텐데요."

"네? 그게 무슨……?"

"어째서 당신이라는 존재가 우리 세계에 존재하고 있을까요? 우리 차원의 수호자이면서 왜 타계에서 온 이들에게는 손끝 하나 대지 못했던 것일까요?"

노회한 눈동자가 의미심장하게 반짝이고 있었다.

그리고 그녀는 우윤아가 풀지 못했던 오래된 비밀에 대해 털어놓았다.

"당신이 우리 세계가 가진 '거신의 조각'입니다. 그리고 디멘션 하트죠. 전혀 몰랐던 건가요?"

'일이 이렇게 될 줄이야. 허무하군. 참으로 허무해.'

빠르게 쪼그라드는 의식 속에서 존 메이든은 깊은 허망함을 느끼고 있었다.

게이트 시스템을 이용하여 이레귤러들을 일거에 제거하는 최원호의 그 수법은…….

'말 그대로 신의 한 수였다고 해야겠군.'

여태껏 게이트 시스템을 헌터들의 발목을 붙잡는 족쇄쯤으로 여기고 있었던 입장에서는 전혀 짐작조차 불가능했던 외통수였다.

'그저 운명의 꼭두각시 정도인 줄로만 알았는데.'

최원호는 한 세계의 게이트를 완전히 끝내고 거신의 조각을 움켜쥔 위대한 종결자였다.

창세의 존재 '영원'을 향해서 나아가는 신의 그릇을 경시한 대가는 이토록 혹독했다.

하지만 존 메이든은 막연히 절망에 사로잡힌 상태는 아니었다.

‘어차피 그는 불멸 회귀를 택할 것이다.’

모든 세계와 게이트는 영속하며, 차원 통로를 통해 시간을 주고받음으로써 끝없이 죽고 삶을 반복할 예정이었다.

그리고 이 아득한 불멸성의 흐름에서 존 메이든은 한 걸음 비켜나 있었다.

그는 자신의 존재가 어딘가로 빨려 나가고 있음을 분명하게 알 수 있었다.

‘무저갱.’

암흑이 시간마저 지워 버린 공허.

이곳이 바로 자신의 유배지였다.

이미 육체는 감각할 수 없게 된 지 오래였지만 존 메이든은 무저갱을 선명하게 볼 수 있었다.

그리고 ‘영원’으로써 발생하는 끝없는 반복으로부터 자신이 유리되었다는 사실을 파악할 수 있었다.

‘영원한 유폐인가, 아니면 진정한 안식인가.’

어쩌면 존재가 모두 닳아 없어질 때까지 자신을 가두어 둘 감옥일지도 모른다.

이곳에서 그는 소멸보다 못한 무기수의 삶을 살게 될 수도 있다.

하지만 존 메이든은 한 가지 희망에 대해 생각했다.

‘이곳에서 내가 영원을 넘어설 수는 없을까?’

당연히 주제넘은 생각이었다.

허무 속에서 스스로 신격을 창조하겠다는 것은 건방지고 도 무모한 도전일 수밖에 없었다.

하지만 '영원'이 창세의 존재일지언정 인간이 도달할 수 있는 유한한 위계의 존재였다면 분명 그 시작점도 있을 터.

'영원은 무저갱 속에서 불멸 회귀를 거듭하며 자신을 이루어 냈다. 그렇다면 나 또한 시도해 볼 수 있지 않을까.'

존 메이든은 계외자들을 통해 초월성에 대한 단서를 얻을 수 있었다.

게이트 시스템의 한계를 뚫고 이레귤러가 될 수 있었던 방법.

……포식.

'다른 것들을 먹어치운다.'

존 메이든은 무저갱 속을 떠도는 무수한 존재들을 향해 눈을 돌렸다.

언제, 어느 세계에서 떨어졌는지조차 알 수 없는 오래된 것들.

도대체 얼마나 긴 시간이 걸릴지는 모르겠지만, 그는 그것을 하나씩 먹어치우며 무저갱 속에서 성장을 노릴 생각이었다.

낯선 목소리가 끼어든 것은 바로 그때였다.

〈흥미로운 생각을 하는 존재가 있구나. 모든 것을 먹어치우겠다

고? 그럼 우리 또한 네 먹이가 되겠구나?〉

다음 순간, 무저갱에서 가장 짙은 어둠이 존 메이든을 덮쳤다.

그리고 무한하고도 정지된 시간이 흘렀다.

'뭔가 변했다.'

최원호가 어떤 변화를 느끼고 고개를 돌린 것은 아주 작은 단서 덕분이었다.

그가 괌 섬을 중심으로 전개한 특수 게이트 '최후의 장'은 빠르게 권역을 넓혀 가면서 통제력을 확대하고 있었고.

황급히 물러났던 이레귤러 헌터들도 결국에는 발목을 붙잡혀 무저갱으로 추방되어 갔다.

최원호가 반신으로서 영향력을 행사할 수 있는 지역이 넓어지는 것 역시 실시간으로 이루어지고 있었다.

"이대로라면 한두 시간 안에 모든 지구가 네 영향권 안으로 들어가겠는데?"

"……."

"최원호, 너 정말 신이 되려는 건가? 그런 거야?"

자하르의 질문에도 최원호는 묵묵부답이었다.

그저 차가운 눈으로 상황이 진행되는 것을 지켜볼 뿐.

그러다가 변화를 감지했다.

자신에게 허락되지 않은 무언가가 힘을 키우고 있다는 것을.

최원호는 등 뒤로 돌아서며 곧바로 그것을 찾아냈다.

"우윤아 헌터, 뭘 한 거지? 설마 당신도 계외자들과 손을 잡은 건가?"

지금껏 우윤아에게는 항상 공대를 하며 따뜻한 눈빛으로 대했던 최원호였다.

그러나 대신격이 개화하고 탈각이 진행되면서 그러한 태도는 온데간데없이 사라졌다.

마치 적을 대하는 듯 싸늘한 시선이었다.

사실은 모두에게 이러한 태도였다.

그 얼음장 같은 눈빛을 견디며 우윤아는 간신히 대답했다.

"아, 아니에요. 그냥 마력이 오염되면서 힘의 속성이 변질되고 있는 것뿐이에요. 계외자들과 동물 인간 헌터들이 끌고 온 마력 때문에…….'"

"마력의 변질?"

"네……!"

그건 사실이었다.

최원호에 의해 두 개의 차원이 중첩되고, 세기도 어려울 만큼 많은 수인 헌터들이 야수계에서 지구 세계로 유입된 결과.

[정보 : 지구-1 '순수 인간계'의 마력 성질이 변화하고 있습니다.]

예의 그 피비린내마저 나지 않을 정도로 지구의 마력은 오염을 겪은 상태였다.

그리고 우윤아는 지구의 마력을 아우르는 신적 존재로서 이러한 오염에 영향을 받을 수밖에 없었다.

그러니 이 변명이 통할 것이라고 생각했다.

우윤아는 자신이 악마계에서 온 거신의 조각을 흡수하고 있는 상황이라는 것은 드러나지 않을 것이라고 예상했다.

하지만 최원호는 고개를 기울였다.

"뭔가 이상한데. 정말 마력의 문제인가?"

꿀꺽.

자신을 훑어보는 싸늘한 시선에 우윤아는 마른침을 삼켰다.

악마계에서 돌아와 거신의 조각을 안겨 주었던 최신우와 도윤수가 했던 이야기가 떠올랐다.

-오빠한테는 무조건 감춰야 돼요. 당신이 거신의 조각 그 자체라는 것, 그리고 거신의 조각 하나를 새로 얻었다는 것.

-지금 원호 형님은 인간이 아니라 무자비한 신에 가까워져 있는 상태입니다. 새로운 조각이 두 개나 눈앞에 있다는

사실을 알게 되면 맹수로 돌변할 겁니다.

　-그러니까 제발 조심하세요. 때가 오기 전까지 들키면
안돼요. 알겠죠?

　자칫 뭘 해 보기도 전에 최원호에게 잡아먹힐 수도 있다는
경고였다.

　[알림 : 두 번째 '거신의 조각'이 흡수되고 있습니다.]
　[안내 : 남은 시간은 11시간 25분 6초…….]

　어떻게든 시간을 더 벌어야 하는 상황.
　'이럴수록 태연하게……!'
　우윤아는 애써 마음을 다잡으며 최원호의 시선을 마주했
다.
　사실 세계의 수호자가 곧 디멘션 하트이자 거신의 조각이
라는 사실은, 그녀 자신도 전혀 알아채지 못한 의외의 사안
이었다.
　그러니 다소 변화가 있더라도 들통 날 일은 없어야 했다.
　하지만 최원호의 눈빛은 서서히 날카로워지고 있었다.
　"새로운 신성의 흐름이 느껴지는데……. 뭐지? 어디서 신
의 조각 비슷한 것이라도 주워 온 건가?"
　"……!"

급기야 우윤아의 노력에도 불구하고 최원호가 단서를 잡아낸 그 순간.

어디선가 새된 비명이 터져 나왔다.

"아악!"

고개를 돌린 최원호의 눈에 봄향이 피를 토해 내는 것이 보였다.

지나친 마력 사용으로 인한 마력 역류.

"흠……."

그녀의 이탈과 함께 전선의 일부가 붕괴를 일으키고 있었다.

이는 수인종 헌터들의 합류로 인해 전선이 교착되자 계외자들이 전술을 바꾸어 전선의 한 점으로 공세를 집중시킨 결과였다.

"마, 마스터! 봄향 헌터님이!"

"헌드레드 님은 봄향 님을 후방으로 옮기세요! 최원호 마스터! 커버 좀 해 주세요!"

헌드레드가 봄향을 보호하기 위해 움직였고 윤희원과 백십자 클랜원들이 손을 맞췄다.

그들은 하나 같이 최원호를 돌아보며 도움을 요청하고 있었다.

봄향은 최원호와 무척이나 가까웠던 사이였으니, 그래도 도움을 주지 않을까 생각했던 것이다.

하지만 최원호는 이번에도 모두의 기대를 배반했다.

"이제 때가 됐군."

최원호는 봄향이 다친 것 따위는 돌아보지도 않았다.

그녀가 빠짐으로써 생긴 전열의 공백 또한 살피지 않았다.

"아아악!"

"벼, 벽이 무너집니다!"

"뚫린다!"

"……."

최원호는 전투원들이 죽어 가는 것을 무심히 지나쳐 전선을 향해 나아갔다.

그 모습에 우윤아는 내심 안도의 한숨을 내쉬었고, 헌드레드를 비롯한 헌터들은 이를 악물었다.

봄향마저 안중에도 없다는 태도라니.

그때 최원호는 이런 생각을 떠올리고 있었다.

'지구에 열린 모든 게이트를 하나로 합치고, 게이트 보스를 지정해서 처치하면 END급 게이트가 열리겠군. 그런 뒤에 거신의 조각을 얻으면 되겠어.'

다음 단계는 둘 중 하나였다.

'더 많은 조각을 모으거나…….'

또는 이대로 과거로 돌아가서 최초의 게이트를 닫고 모든 것을 끝내거나.

둘 중 어느 쪽을 택할지는 아직 결정하지 못했다.

다만 분명한 사실 하나는 이제 충분히 '힘'이 모였다는 것이었다.

바로 '영원'을 향한 신앙.

'싸우고 피를 흘리며 죽어 가는 헌터들, 강해지고 싶다는 열망들, 살아남기 위해 상대를 죽이고 절망하는 감정들, 신념에 의한 치열한 죽음들…….'

이 모든 것은 최원호에게 주어지는 신앙이었다.

인간과 수인종, 헌터들과 계외자들이 뒤섞이며 만들어 내는 지독한 피비린내가 바로 그가 다루는 신성의 원천이었던 것이다.

그렇기에 싸움 한복판에서 최원호는 점점 더 높은 격을 향해 다가가는 중이었다.

[알림 : 특수 게이트 '최후의 장'이 확장되고 있습니다.]
[안내 : 현재 차원에 개설된 모든 게이트들이 하나로 병합됩니다.]
[경고 : 차원 역류가 발생하고 있습니다!]
[경고 : 차원 역류가 발생하고 있습니다!]
[…….]

세계 각지에서 벌어지는 차원 역류에 의해 인류의 생존자들이 죽어 나가고 있었다.

하지만 최원호는 아랑곳하지 않고 '최후의 장'을 확장시켰다.

마치 쓰레기통을 거꾸로 뒤집어서 탈탈 터는 것처럼.

지구 세계에 존재하는 모든 게이트를 역류시켜서 하나로 합치는 과정에 몰두하고 있었다.

그렇게 얼마나 시간이 흘렀을까.

"부디 약속을 지켜라, 최원호⋯⋯."

"아, 아버지이이!"

백십자 클랜의 마스터이자 아버지로서 끝까지 싸우던 윤동식이 털썩 쓰러졌다.

혼자가 된 윤희원은 자신의 최후를 직감했다.

인간과 수인을 가리지 않고 대부분의 헌터들이 싸우다가 죽었다.

그럼에도 몬스터들의 군세는 끝나지 않았고, 이제 그들은 섬 위로 상륙하고 있었다.

"젠장, 이런 전쟁은 난생처음이야."

"이겨도 이긴 것 같지가 않아."

"완전히 미친놈들 아냐?"

몬스터들을 지휘하는 계외자들도 혀를 내두르고 있었다.

그들의 입장에서 보기에 인간들은 모두 제 목숨을 초계처럼 버리며 싸우는 괴물들이었다.

하지만 어쨌거나 승기가 자신들에게 있다고 굳게 믿고 있는 상태.

"군대를 잃었으니 최원호라는 놈도 오래 버티진 못할 것이다."

"이제 추적해서 조각을 빼앗기만 하면 되겠군."

"뭐, 덕분에 나눠 먹을 입은 줄었으니 고맙다고 해야 하나?"

계외자들이 낄낄거리던 바로 그때.

그우우우우우-!

어디서도 들어 본 적이 없는 낯선 공명이 상공을 때렸다.

마치 영혼을 쥐고 흔드는 듯한 기괴한 소리였다.

"……!"

윤희원을 비롯하여 살아남은 극소수의 인간들은 외마디 비명 한번 지르지 못하고 주저앉고 말았다.

놀랍게도 계외자들 또한 비슷했다.

"이, 이건 뭐야?"

"끄어억!"

그들은 전투를 거의 겪지 않은 만전의 상태였음에도 극심한 어지러움 속에서 차례차례 쓰러졌다.

지구 전역을 휩쓰는 정체불명의 충격파.

그때 최원호는 자신이 만든 '최후의 장'을 마주하고 있다.

〈미완의 '영원'이여, 나는 너와 너희 세계 전체를 먹어치우고 모

든 우주를 가져갈 것이다……〉

　세상의 모든 끔찍함을 하나로 뭉쳐서 만들어 낸 듯한 거대
인(巨大人).
　어디서 나타났는지 모를 그것이 망망대해를 밟고 우뚝 서
서 만물을 굽어보고 있었다.
　최원호는 천천히 고개를 끄덕였다.
　"무저갱에서 돌아왔군."

　'영원'은 무저갱 속에서 잉태되었다.
　아득하게 먼 옛날의 일이었다.
　기원을 알 수 없는 순간부터, 무저갱은 무수히 많은 우주
가 태어나고 소멸된 요람이자 무덤이었으니.
　표표히 흐르는 먼지 알갱이들이 서로 달라붙어서 그럴싸
한 신격 하나쯤 만들어진다고 해도 그리 이상한 일은 아니
었다.
　우연의 산물로 만들어진 '영원'은 생각했다.

　-무저갱에서 벗어나 진정한 영원을 누리고 싶다.

사실 진정한 영원은 오로지 무저갱에게만 허락된 개념이었다.

무저갱 속에서 시간이 등장하기 전까지는 처음도 없고 끝도 없었으므로, 끝없는 존속은 무저갱의 몫이었던 것이다.

그러다가 '영원'이 등장했다.

한때는 '영원' 또한 무저갱이 낳은 산물로서 그에 귀속된 존재에 불과했지만.

—무저갱에서 벗어나 진정한 영원을 누리고 싶다…….
그러기 위해서는…….

자신의 영원성을 방패로 삼은 신격은 허무에 잡아먹히지 않고, 오히려 다른 소품들을 포식하며 위계를 드높이기 시작했다.

그리고 자신의 힘을 완성시켜 대신격에 올랐다.

지금의 우주가 창조된 것은 그 직후의 일이었다.

자신의 피조물인 '영원'에게 창세의 업적을 빼앗긴 무저갱은 분노하면서도 침묵할 수밖에 없었다.

—…….

단지 끝없는 구렁텅이로서 무언가를 만들고 소멸시키기를

반복하는 일밖에 모르는 무저갱이었기에.

'영원'이 자신의 피조물들을 이용하여 더 높은 위계로 올라서는 것을 그저 바라볼 수밖에 없었다.

그러나 변화는 한순간에 찾아왔다.

'영원은 무저갱 속에서 불멸 회귀를 거듭하며 자신을 이루어 냈다. 그렇다면 나 또한 시도해 볼 수 있지 않을까.'

존 메이든과 이사장의 등장이 바로 그 기점이었다.

무저갱 안을 휘돌던 모든 존재가 이들에게 관심을 드러냈고, 곧 끝없는 포식과 새로운 탄생들이 시작되었다.

영원이 자신의 위계를 드높이던 그때와 같이, 무저갱에 귀속된 존재들을 서로를 먹어치우며 한없이 이루어지는 상승.

결과적으로 시스템이 이레귤러들을 무저갱으로 추방시킨 사건은 일종의 트리거가 되었다.

〈나는 무저갱의 화신이며 '영원'을 침탈하고 징벌하는 자⋯⋯.〉

공허.

무저갱에서 끝없는 싸움을 시작하여 마침내 극의에 도달한 존재들의 총칭이었다.

공허는 존 메이든으로부터 시작하였으나 그의 자아는 거의 남아 있지 않았다.

그저 존 메이든이 품었던 포식과 상승에 대한 투쟁심을 바탕으로 삼아, 무저갱 안에 갇혀 있었던 다른 존재들이 뭉쳐져 만들어진 새로운 자아였다.

그러므로 공허에게는 지구 세계에 대한 미련 따위가 존재하지 않았고…….

〈미완의 '영원'이여, 나는 너와 너희 세계 전체를 먹어치우고 모든 우주를 가져갈 것이다…….〉

세계 전체를 으스러뜨림으로써 최원호를 짓뭉개려고 했다.

지구 전체가 '최후의 장'으로 지정되고 공허가 무저갱으로부터 강림한 직후의 일이었다.

우우우우우우우우!

태평양 한복판의 해수면이 진동하면서 무수한 지진, 해일이 사방으로 몸을 일으켜서 달음박질을 쳤다.

해저 깊은 곳에서 지각이 강제로 뜯기며 지표 아래의 마그마들이 분출되고 있었다.

상공에서는 폭풍우가 아래에서 위로 치솟으며 구름으로 환원되는 기현상이 벌어졌다.

그리고 그 한복판에서 최원호는 일련의 시스템 메시지들을 마주하고 있었다.

[경고 : 게이트 보스 '공허'가 등장했습니다!]
[경고 : 게이트 보스가 비정상적으로 강합니다!]
[경고 : 게이트 필드가 훼손되고 있습니다!]
[경고 : 훼손을 막을 수 없습니다! 복구가 불가능합니다!]
[……]

알고는 있었지만 게이트 시스템은 완전하지 않았다.
허점이 노출된 체계가 속수무책으로 무너져 내리는 중이었다.
그럼에도 최원호의 눈빛은 고요했다.
그는 상대를 바라보며 입을 열었다.
"무저갱에 있는 것들을 전부 잡아먹고 나온 건가? 하나도 남김없이?"
대적자의 물음에 공허는 언어로 답하지 않았다.
다만 직접 경험해 보라는 듯, 자신이 가진 것을 전부 풀어 놓는 것으로 대응했다.
그리고 공허가 가지고 있는 것은 한때 지구상에 존재했던 모든 것들이었다.

[알림 : 봄의 향기 '박세령'이 등장합니다!]

[알림 : ALLKNOWN '한성우'가 등장합니다!]

[알림 : 엘리트 조사관 '채윤기'가 등장합니다!]

[알림 : 미스터 머슬 '유광명'이 등장합니다!]

첫 번째는 한때 최원호와 함께 싸웠으나 결국 목숨이 다한 인간 헌터들이었다.

[알림 : 늑대종 수인 여제 '케이샤'가 등장합니다!]

[알림 : 백호 무사장 '마네란'이 등장합니다!]

[알림 : 금사자 용기사 '바키아'가 등장합니다!]

두 번째는 최원호가 야수계로부터 불러내서 전쟁에 휘말리도록 만든 수인 헌터들이었으며.

[알림 : 흑색의 악마왕 '카르테시오라'가 등장합니다!]

[알림 : 위대한 치천사 '미카엘'이 등장합니다!]

[알림 : 대해룡 '벤테시오그'가 등장합니다!]

세 번째는 최원호가 직접 게이트에서 거꾸러뜨렸던 게이트 몬스터들이었고…….

[알림 : 은요정 왕녀 '이엘린'이 등장합니다!]
[알림 : 수혼검 '해청'이 등장합니다!]
[알림 : 리빙아머 '융견'이 등장합니다!]

손영하와 대면하던 당시 무저갱으로 떨어졌던 이엘린과 해청은 물론이고, 방어구였던 융견마저 공허의 손아귀 안에서 무기로 재탄생했다.

그밖에 최원호조차 알지 못하는 계외의 존재들이 득시글거리고 있었다.

"정말 다 먹어치우고 온 모양이군."

최원호는 입술을 비틀었다.

그러자 공허로부터 나온 모든 존재가 일거에 입을 열었다.

〈미완의 '영원'이여, 우리는 너를 증오한다. 네가 이루어 낸 모든 것을 저주한다. 스스로 만취하여 우리를 외면했던 너에게 되갚아 줄 시간이 되었다…….〉

그 순간, 모든 존재가 최원호를 향해 돌진했다.

생전의 모습 그대로.

각자가 가진 무기와 기술들이 한꺼번에 퍼부어졌다.

'무시무시하군.'

최원호는 어지럽게 비행하며 쏟아져 오는 그 모든 것을 회

피하며 파괴하기 시작했다.

전부 자신과 깊은 인연을 맺은 이들이었지만 그는 가차 없이 베고 찔러서 터트렸다.

그의 손에 의해 두 번째 죽음이 속출했다.

그러나 제아무리 초월의 경지에 오른 반신이라고 할지라도, 그 모든 것을 받아 내기는 불가능해 보였다.

그리고 지금 이 순간에도 모든 바다와 대지는 붕괴를 일으키고 있었다.

인류의 세계가 통째로 무너져 내리고, 최원호의 목숨이 경각에 이른 그 순간.

"……나와라."

그는 아래의 바다를 향해서 돌진하며 무언가를 호출했다.

그러자 수면을 뚫고 작은 잠수정 하나가 공중으로 떠올랐다.

바로 손철만의 잠수정이었다.

콰직.

강철로 만든 잠수정의 외부가 가볍게 찢기며 내부에 잠들어 있던 존재가 바깥으로 튀어나왔다.

고요히 눈을 감고 가사 상태에 잠긴 장세현은 손끝 하나 움직이지 못하는 무방비의 상태였다.

그러나 그녀가 공허 앞에 등장하자 변화가 일어났다.

〈으음……〉

바다를 밟고 하늘을 뚫고 선 거대인이 나지막한 신음을 흘리며 물러섰다.

공허의 몸체가 기이한 요동을 일으키고 있었다.

마치 노이즈에 휘말린 것처럼 비틀거리고 휘청거리기 시작한 것이다.

최원호는 소녀의 몸을 한 팔로 안으며 싱긋 웃었다.

"너희 중에 코그니시앙 일족이 있다면 그놈을 탓해라. 시간의 연속성을 가지고 논 대가를 치르는 거니까."

〈'시간'을 노리고 있었는가……!〉

몸부림치는 공허의 문제는 바로 '시간' 그 자체였다.

정확히는 '장세현의 시간'.

존 메이든에 의해 신인류로 포섭된 '현재의 장세현'.

결과적으로 그녀는 게이트 시스템에 의해 이레귤러로 분류되어 무저갱으로 추방되었다.

그리고 존 메이든으로부터 시작된 포식의 과정에까지 포함되어 공허의 일부가 되어 버린 상태였다.

'하지만 또 한 명의 장세현이 나에게 있지.'

북해도의 설원에서 데라쉬가 최원호의 피를 얻기 위해 꼼

수를 이용하여 4년 전의 과거에서 불러낸 장세현.

즉, 지금 이곳에는 서로 다른 시간대의 장세현이 함께 존재하고 있었다.

'두 명의 장세현으로 인해 일어나는 시간의 혼선과 새로운 세계의 중첩.'

이것이 최원호가 쥐고 있던 한 수이자 처음부터 염두에 두었던 노림수였다.

그가 두 명의 장세현을 한곳에 둠으로써 시간과 논리에 역설이 생기며 공허의 움직임에 제약을 걸 수 있었다.

하지만 공허는 영원만큼이나 거대한 존재였다.

〈뱉어 내면 그만이다…….. 나의 일부를 스스로 잘라 내면 아주 간단히 해결될 문제…….〉

공허는 자신이 먹어치운 장세현을 거꾸로 토해 내기 위해 내부를 훑기 시작했다.

예상하지 못했던 함정에 발목을 잡히긴 했지만, 마땅히 이루어질 일이 잠시 지체된 것에 불과했다.

고육지책일지언정 스스로를 이룬 요소들 중 인간 여자 하나쯤 도려내는 것은 그리 대단한 손실이 아니었다.

하지만 최원호는 고개를 내저으며 중얼거렸다.

"여전히 시간을 이해하지 못하고 있군."

시간이 뒤집힌 것은 바로 그 순간이었다.

최원호의 시선이 닿은 어린 장세현부터.

   [안내 : 게이트의 시간 상태가 복구됩니다.]

   [알림 : 복구 기준점을 확보했습니다.]

   [경고 : 지금부터 지정된 시점으로의 롤백이 진행됩니다!]

   [안내 : 어지러움에 주의하십시오.]

차원 전쟁으로 인해 세상 전체가 무너져 내리고 대부분의 인류가 절멸되어 버린 현재의 시점.

그리고 모든 것이 평온했던 4년 전의 시점.

두 가지의 시간선이 두 명의 장세현을 이정표로 삼아 하나의 세계 위에 뿌려졌다.

마치 지구 세계 전체가 타임머신을 탄 것처럼 되돌아가고 있었다.

서로 다른 진행상을 가진 세상이 격돌한 그 순간.

쩌적!

공허의 거체에서 균열이 시작되었다.

거대인은 아직 장세현을 포함하고 있었기에, 그녀를 향해 쏟아져 오는 시간에 정면으로 충돌할 수밖에 없었던 것이다.

"안타깝지만 너조차도 시간을 잘라 낼 수는 없지. 그랬다간 나와 다를 게 없을 테니까."

〈······!〉

공허는 영원이 아니다.

오히려 그에 정반대되는 개념으로 탄생한 존재이며 시간을 초월하는 것이 아니라 무시하도록 발전한 신격이었으니.

장세현을 완전히 떼어 내기 전까지는 시간의 충격으로부터 자유로울 수 없었다.

〈이런 교활한 수법을······.〉

서로 다른 시간의 흐름 사이에 눌려 움직이지 못하는 공허를 바라보며, 최원호는 모처럼 피식 웃었다.

상대를 향해 손바닥을 들어 올린 최원호가 택한 것은 완전한 파괴였다.

그의 무기가 된 시간의 충돌이 더욱 격렬해진 순간.

"무저갱으로 돌아가라."

쩌저저저저적!

마치 유리창 끄트머리에 망치를 내려친 것처럼, 거미줄 같은 균열이 확장되며 거대인의 전신을 뒤덮었다.

최원호는 휘몰아치는 시간의 압력을 이용하여 공허의 거체를 더욱더 세게 짓눌렀다.

일단 한번 균열이 시작된다면 파괴는 더 쉽게 이루어질 수 있었다.

하지만 바로 그때.

"설마 그 여자마저 죽일 건가요? 정말로 모두를 잡아먹고 신이 되어 영생을 누릴 생각인가요!"

형형하게 불꽃이 타오르는 듯한 금빛의 눈동자가 최원호를 막으며 끼어들었다.

지구 세계의 보호자이자 거신의 조각인 우윤아.

그녀는 모든 것을 포기한 상태였다.

'결국 최원호는 모두를 착취하고 영원히 신으로 남으려고 하는 거였어!'

최원호가 장세현마저 자신의 도구처럼 이용하는 것을 목격한 우윤아는 모든 희망을 거두게 되었다.

자신을 위해 모든 것을 걸었던 장세현이었는데, 최원호는 조금의 망설임도 없이 그녀를 소모하고 있었다.

그러니 더 이상 그를 믿을 수 없었다.

최원호는 약속을 지키지 않을 것이다…….

"내놔!"

번개처럼 달려든 우윤아는 어린 장세현을 낚아챘다.

그리고 자신의 신성을 전개하여 달아나기 시작했다.

다른 공간이 아닌 다른 시간 선으로.

역설적이게도 최원호가 개설한 시간의 통로를 이용하여 장세현을 빼돌린다면 다른 시간대의 세계라도 온전히 지킬 수 있을 것이다.

'차라리 공허에 의해 신세계가 만들어지고 모든 세계가 연결되는 편이 나아!'

그녀는 절망감 속에서 시간의 간극을 건너뛰며 조금이라도 더 먼 곳으로 도망쳤다.

하지만 그녀의 도주는 곧 끝나고 말았다.

"그런 거였나."

"……!"

따돌릴 수 있다고 생각했던 최원호는 조금도 떨어지지 않았다.

오히려 귀신처럼 달라붙어서 그녀의 뒤를 추격하고 있었다.

상대를 떼어 내기 위해 미친 듯이 질주하던 우윤아는 이내 깨달았다.

도망칠 수 없다.

'그렇다면 정말 싸우는 것밖에 방법이 없는데.'

하지만 마지막 망설임이 그녀의 발목을 잡은 순간.

"컥!"

거꾸로 최원호의 손아귀가 우윤아의 목을 덥석 움켜잡았다.

인격을 완전히 잃은 남자의 시선이 그녀를 훑었다.

"이제 보니 너도 거신의 조각을 가지고 있군. 어떻게 된 거지?"

최원호는 모든 시간 속에서 존재하고 있었다.

인격을 잃을수록 신격이 강화되는 그였기에, 우윤아가 도망치는 것은 애초부터 무의미했다.

그는 너무나 손쉽게 장세현을 탈취했다.

"아⋯⋯."

장세현을 빼앗기고 마지막 궁지에 몰린 우윤아는 체념했다.

이제 최원호는 자신이 가지고 있는 거신의 조각을 노릴 터.

'결국 싸워야 한다.'

그녀는 모든 신성을 끌어 올리며 전투를 준비했다.

숙련의 차이는 있겠지만 피차 가진 조각의 개수는 똑같으니 그럭저럭 대등한 싸움을 벌일 수 있을 것이다.

하지만 최원호는 우윤아에게 달려들지 않았다.

다만 말없이 힘을 집중하여 원래 하려던 일을 이루었을 뿐.

"오, 빠⋯⋯."

"⋯⋯."

장세현의 눈동자가 하얗게 뒤집혔다.

그녀의 죽음이야말로 최원호가 원하는 결말을 향해 놓인 발판이었다.

공허의 일부인 그녀는 과거로부터 제거되어야만 했다.

[경고 : 중첩된 시간이 합산됩니다!]
[경고 : 시간이 할당되지 않은 존재는 파괴될 수 있습니다!]

결국 두 세계 사이에서 오가는 압력을 견디지 못하고 과거의 장세현이 숨을 거두었다.

그러자 균열이 일어난 공허의 한 부분이 터져 나갔다.

콰직!

최원호는 기회를 놓치지 않았다.

그는 공간을 뛰어넘어서 얼어붙은 거대인의 몸체 안으로 파고들었다.

그러고는 직접 때려 부수기 시작했다.

공허는 온몸을 비틀며 저항했다.

〈나─가─라─!〉

무저갱에서 응축된 힘이 사방을 뒤덮으며 폭발하고 지상의 모든 것을 먹어치우며 요동쳤다.

넘치는 힘에 하늘과 땅이 뒤섞였으며 모든 세상의 법칙이 숨을 죽이며 자신을 감추고 있었다.

〈그리 쉽게 당해 주지는 않을 것이다!〉

공허가 고함을 내질렀다.

거대인의 내부는 끝없는 미로와도 같았다.

침입자에게는 자신과 함께했던 모든 아군들이 대적자로 등장하는 최악의 게이트이기도 했다.

하지만 최원호는 거침없이 전진했다.

'시간이 얼마나 걸리든 상관없다.'

이제는 인격이 완전히 사라진 반신이었기에 그는 아무런 스스럼도 없이 적을 척살할 수 있었다.

단 1초의 휴식도 없이 적을 깨부수며 앞으로 나아갔다.

얼마나 시간이 흘렀을까.

길고 긴 싸움의 끝에서 마침내 공허의 근원에 닿았을 때.

"……."

우윤아는 가만히 숨을 죽이고 지켜보았다.

쾅--!

그가 공허의 근원을 후려치자 모든 우주가 흔들렸다.

균열은 빠르게 확장되고 있었다.

콰아아아앙!

마치 망치를 쥔 침입자가 유리의 성을 안에서부터 철거하는 모습.

또는 얼음을 깎아서 만든 거인이 내부에서부터 무너져 내리는 모습.

〈이럴 수는……!〉

이윽고 세계 전체를 뒤흔드는 굉음을 일으키며 파편이 사
방으로 터져 나갔다.

파괴된 공허의 조각들은 물 위에 뜬 기름처럼 어디에도 담
기지 못하고 허망하게 휘돌았다.

최원호는 떠도는 파편들의 한가운데에서 조용히 눈을 감
고 있었다.

무저갱에서 비롯되었으나, 그곳에서 탈출하여 불멸하는
스스로를 빚어낸 '영원'이 승리했음을 자축하는 것처럼…….

'이제 어떻게 되는 걸까?'

모든 흔들림이 가라앉은 뒤, 세상으로 다시 나온 남자를
바라보며 우윤아는 몸을 떨었다.

최원호의 선택에 따라 모든 세계의 운명이 변모하게 될 순
간, 눈을 뜬 그의 입이 천천히 열렸다.

"나는……."

'영원'의 정체를 알게 되었을 때, 내가 가장 의아했던 부분

은 따로 있었다.

'헌터들이 흘리는 피를 자신의 신앙으로 삼는다고? 어째서 그런 걸?'

영원이라는 대신격이 작동하는 양식 자체가 이해되지 않았던 것이다.

어떻게 필멸자들의 욕망 따위가 창세신의 에너지가 될 수 있을까?

영하 누나를 만난 후에 내가 찾은 해답은 이러했다.

　－끝없이 변화하려는 의지야말로 영원함을 구성하는 요소이기 때문에. 같은 자리에 머무르지 않는 변화무쌍함을 포식해야 영원이 존재할 수 있는 것 아닐까?

즉, '흐름'이라는 개념 자체가 대신격을 이루고 있다는 추측이었다.

모든 것이 고여 있는 무저갱이 '영원'을 경계하는 것이 그 증거였다.

'그렇다면 내 인격을 보존할 방법도 여기에 있다.'

나는 모든 것이 흐르는 와중에도 내 일부만큼은 변하지 않도록 단단히 묶어 두었다.

영원의 신격이 확장되며 내 인격을 잠식하는 과정 속에서도 살아남을 수 있도록, 완벽하게 봉인하여 가장 깊숙한 곳에 넣어 둔 것이다.

반신으로서 모두를 집어삼키고 혼자가 될 순간에 깨어날 나.

'때가 되면 깨어나 모든 것을 마무리 지을 마지막 자아.'

이것은 헌터로서의 자아도 아니었고, 영하 누나나 친구들을 아끼는 인간으로서의 자아도 아니었다.

오히려 반대였다.

혼자가 되어 모든 것을 포기하려 했던 나.

삶에 절망하고 세상을 저주하던 나.

나는 '가장 부정적인 나'를 잘라서 남겨 두기로 했다.

'마치 야수계에 휘말린 직후처럼 말이지.'

그런 나의 선택은 틀리지 않았다.

무언가를 간절히 열망하던 나는 '영원'의 신앙처럼 계속해서 변화하며 영원함을 누리려 했겠지만, 절망감으로 찌든 나는 변하지 않았다.

인격이 모조리 무너지고 신격이 확장되는 와중에도, 향상을 희구하지 않는 나는 가장 깊은 바닥에서 자리를 지키며 잠들어 있었다.

그러다가 마침내 때가 되었을 때, 자신의 존재 이유를 증명했다.

"……나는 모든 것을 되돌리겠다."

부정의 자아가 깨어난 순간, 나는 내가 세계의 모든 것을 집어삼키고 혼자가 되었음을 뼛속까지 절감하며 그렇게 선언할 수 있었다.

다른 모든 것이 신격에게 장악당한 상태였지만, 깨어난 절망과 고독은 한순간 그것을 압도하며 힘을 행사했다.

명령에 따라 세계가 뒤로 되감기기 시작했다.

[??? : 명령에 의해 모든 요소들이 롤 백 됩니다.]
[??? : 현재 명령권자가 가진 명령권이 회수될 예정입니다.]
[??? : 모든 사건의 초기화에 주의하십시오.]
[??? : 정적 변수들의 재배치가 이루어집니다.]

이어졌던 시간들이 분리되고, 파괴되었던 세상이 복구된다.

최초의 게이트가 생겨났던 시점으로 모든 것이 돌아가고 있었다.

나는 심장이 찢기고 뽑혀 나가는 거신의 조각들을 느낄 수 있었다.

내가 성취했던 모든 것이 소멸되었다.

심지어 나 자신마저도.

진한 아쉬움이 느껴졌다.

영멸이 다가왔기 때문이 아니었다.

'결국 불멸 회귀에는 손대지 못했어.'

2개의 조각을 가진 나는 마음대로 게이트를 개설하고 차원 통로를 개설하는 것까지 해낼 수 있었다.

그러나 결론적으로 불멸 회귀를 파괴하지는 못했다.

신격을 유지하는 구조를 파괴하는 것은 곧 '영원'의 신격을 소멸시키는 것이나 다름없었다.

즉, 자기 삭제.

나는 공허와 마주하며 이것이 근원적으로 불가능한 일임을 깨달았다.

'영원성을 자신의 근원으로 삼은 신격이 그것을 파괴한다……. 이건 애초에 불가능한 거였어.'

'영원'은 그야말로 영원이었다.

처음부터 자신이 영원토록 유지되도록 만들어 낸 구조 그 자체였던 것이다.

이제 인간들은 다시 시작해야 한다.

모든 노하우를 잃었으니 처음부터 게이트를 공략하고 피를 흘리면서 죽어 가야 할 것이다.

그러다가 나와 같은 헌터가 나타날 것이고, 신인류와 계외자들에게 맞서 싸우다가 성공하거나 실패함으로써 '영원'의 신성이 완성되는 과정에 이바지하게 될 것이다.

'이것이 바로 영원이 안배해 둔 불멸 회귀구나.'

입안이 썼다.

하지만 나로서는 이게 최선이었다.

다른 가능성은 전혀 보이지 않았다.

어쩌면 내가 없는 세상이 더 잘해 낼지도 모른다.

'그걸 보지 못하는 게 아쉽군.'

나는 마지막으로 그렇게 생각하며 의식을 놓으려 했다.

하지만 다음 순간, 여자의 목소리가 내 의식을 움켜잡았다.

"최원호 헌터, 마지막으로 하나만 더 해 봐요."

"……?"

"'환상은 본질의 반영'이라는 말, 당신이 했던 것 아닌가요?"

"그건……."

환상은 본질을 반영하는 존재다.

드래곤 벤테시오그가 처음 꺼낸 말이었고, 게이트와 각 세계의 관계를 나타내는 표현이었다.

내가 우윤아에게도 같은 말을 했던 적이 있는 모양이다.

그녀는 흩어지는 나를 붙잡고 새로운 제안을 했다.

"무저갱에서 태어난 '영원'은, 어쩌면 무저갱의 반영일지도 모른다는 생각이 들었어요."

"네?"

"게이트가 각 세계의 그림자인 것처럼, 영원은 무저갱의 뒷면이라면? 그렇다면 뭔가 가능성이 있지 않을까요?"

"……."

"어쩌면 공허의 잔해를 이용해서 영원의 불멸 회귀를 깨트 릴 방법이 있을지도 모르잖아요!"

나는 우윤아의 금빛 눈동자를 멍하니 바라보았다.

그러니까, 이번에는 공허를 흡수해서 영원을 깨트리라는 건가?

이건 나로서도 가능성을 따질 수 없는 일이었다.

하지만 내가 무어라 대답하기도 전에 그녀는 내 품속으로 뛰어들었다.

"어떻게 될지 모른다는 것은 알아요. 하지만 이대로 당신 을 잃고 당신이 없는 세계로 돌아가는 것보다는 나을 거예 요. 해요, 당장."

새로 태어난 지구의 모든 마력이 나에게 쏟아졌다.

그리고 그녀가 품고 있던 신성이 어우러졌다.

내가 힘을 빌려 쓸 수 있게 하는 것이다.

그 덕분에 다시 신이 된 듯한 고양감을 느낄 수 있었다.

헛웃음이 나왔다.

"이번에야말로 내가 대신격이 되려 하면 어쩌려고요?"

"……이젠 확신해요. 당신의 집념과 처절함을."

그 대꾸에 나는 소리를 내어 웃고 말았다.

마지막 순간에 주어진 새로운 기회.

이제 나에게 모든 것을 내준 우윤아가 소멸되어 가고 있었 다.

"꼭 부탁해요."

희미해지는 그녀에게 나는 고개를 끄덕였다.

하지만 확신은 없었다.

공허의 잔해를 흡수한들, '불멸 회귀'를 깨뜨릴 수 있을지는 알 수 없는 일이었다.

'창세의 신이 이 세계에 심어 둔 거대한 퍼즐.'

나는 우윤아가 건넨 조각과 공허가 남긴 파편을 이용하여 그것을 들여다보기 시작했다.

무저갱 위에 지어진 거대한 성벽에 구멍을 내고 숨어들었다.

끝없는 시간 속에 녹아들어 대신격이 남긴 유산을 하나씩 파헤치는 작업.

헤아릴 수 없는 세월이 흘렀다.

나 자신도 나를 잊고 마치 무저갱의 일부가 되어 버린 것처럼 자아가 흐릿해지던 그때.

[??? : 시스템이 제거됩니다.]

[??? : 마지막 메시지를 열람할 수 있습니다.]

나는 영원과 대면했다.

창세의 신은 나에게 미소를 짓고 있었다.

1999년은 뒤숭숭한 해였다.

노스트라다무스가 예언했던 지구 멸망의 해.

사이비 종교의 교주들은 이번에야말로 '휴거'가 일어날 것이라고 강변했으며…….

각종 사회 시스템이 2천 년을 받아들이지 못해 오류를 일으킬 것이라는 두려움이 팽배하고 있었다.

바야흐로 세기말다운 묘한 분위기.

하지만 실상 별일은 없었다.

태평양에 중형 자동차만 한 운석 하나가 타지 않고 떨어졌고, 이를 '정석진'이라는 이름의 젊은 학자가 연구 중이라는 소식은 우주 과학 잡지에 실려서 짧게 다루어졌을 뿐이었다.

그리고 한국에서는 갓난아이 남자애 하나가 첫돌을 맞이했다.

"우루루루! 까꿍! 우리 아들, 이쪽 볼까?"

"자, 장난감 하나 잡아 보자! 아무거나 다 좋은데! 아빠는 나무 망치를 잡았으면 좋겠네? 청진기도 좋고?"

"엄마는 네가 오래 행복하게 살기를 기도하니까, 명주실! 하얀 거 잡아 봐!"

"……여보, 그럼 내가 뭐가 돼?"

"뭐긴 뭐야, 속물 아빠지."

갓 공군 소령으로 진급한 최욱현과 기후물리학 박사로서 연구원으로 일하던 조유선.

좌충우돌 끝에 결혼에 골인한 두 사람이 얻은 아들은 돌잔치에서 사뭇 묘한 물건을 집어 들었다.

"응? 우리 아들? 어디 가니……?"

"잠깐만. 여보, 저게 왜 소파 밑에 있는 거야?"

"어라? 전에 강아지 데려왔던 친구가 놓고 갔나 본데?"

다 차려진 백일 상을 벗어나 소파 쪽으로 기어갔던 아이는 소파 밑에 있던 개 목줄을 쥐고 환하게 웃고 있었다.

이 아이의 이름이 바로 최원호였다.

그리고 평안함 속에서 24년의 시간이 다시 흘렀다.

뉴비가 아닌 뉴비

"다녀왔습니다."

"오! 내 아들, 고생했다. 차 막혀서 힘들었지?"

"오빠도 치킨 먹어!"

"신우야, 뭐 좀 받치고 먹어라. 엄마가 다 닦아 놨는데!"

최원호와 가족들은 서울의 낡은 아파트에 살지 않았다.

지금 그들이 살고 있는 곳은 창밖으로 한강이 펼쳐져 있는 서울 중심부의 고급 아파트.

"어? 아버지 비행 있다고 하시지 않았어요? 왜 집에 계세요?"

"으응, 프랑스 현지 기상 조건 악화로 결항."

"개꿀이시네."

"이놈이?"

공군 파일럿으로 복무하던 최욱현은 전역 후 민항 여객기의 기장이 되어 풍족한 연봉을 받고 있었고…….

"뭐래? 개꿀 맞지. 엄마는 새벽에 미국 학회 가려면 개고생인데 말이야. 그치, 딸?"

"근데 엄마는 비행기에 실려서 가잖아. 아빠는 비행기를 몰고 가는 거고. 개고생은 아니지 않나?"

"……."

"오, 맞는 말이네! 역시 신우는 내 편이야! 으하하하!"

기후물리학자로서 국내외에서 상당한 연구 실적을 쌓은 조유선은 대학 교수가 되어 교편을 잡고 있었다.

돈이 모자랄 일은 없었고, 가끔 장난이 심하긴 했어도 이상하리만큼 서로를 아끼고 사랑했기에 이들 가족은 풍요롭고 화목했다.

"오늘은 어디 치킨이야? 구촌? 베이큐?"

"아니, 왠지 올드 스타일이 먹고 싶어서 오늘은 춘향이네 치킨! 어때? 맛있지?"

"음, 맛있네."

"개짱맛이야. 여기 사장님도 겁나 예뻐."

"나도 알아. 전에 서비스라고 반 마리를 챙겨 주더라. 부담스럽게…….""

"오오, 치킨집 하는 새언니도 나쁘지 않지!"

"시어머니 할인 좀 해 주겠지?"

"원호야, 아빠는 찬성이다."

가족들의 호들갑을 한 귀로 흘리며 최원호는 치킨 다리를 베어 물었다.

그러다가 문득 이런 생각이 들었다.

'누군가 나에게 치킨을 양보한 적이 있었던 것 같은데.'

하지만 곰곰이 생각해 봐도 그런 일은 없었다.

가족 모두 치킨을 무척 좋아했기 때문에 항상 모자라지 않을 만큼 넉넉하게 시켰고, 누군가 최원호에게 치킨을 양보할 일도 없었던 것이다.

"……뭐지."

"응? 뭐가 뭐야?"

"아무것도 아냐."

"싱겁기는……. 어우, 배불러. 이제 그만 먹어야겠다. 내일 오디션 미팅 있는데 너무 많이 먹어 버렸네."

"국내 최초 돼지형 여배우 데뷔 임박."

"시끄럽고요! 아니, 잠깐…… 데뷔 임박이니 좋은 건가? 이거 헷갈리네?"

최신우는 두뇌 회전은 비상했지만 학교 공부가 지루했다.

그래서 일찌감치 대학 진학을 포기하고 모델로 활동하다가 이제는 배우가 되기 위해 노력하고 있었다.

어딜 가든 눈에 띄는 외모였기에 연습생이 되는 것은 그리

어렵지 않았고, 어느 정도 연기 수업을 받은 이후로는 배역을 따기 위해 노력하는 중이었다.

"이번 오디션은 잘될 거 같아?"

"응, 사실 안면이 있는 감독이거든. '도윤수'라고, 독립 영화 만들 때부터 천재 소리 듣던 사람인데 이번에 한국 영화 아카데미에서 장편 하는 거. 나랑 친해."

"실력파들은 지연으로 사람 안 뽑을 텐데."

"지연이든 혈연이든 아무튼 제발 좀 돈 좀 벌어 와라. 맨날 집에서 라면 끓여 먹지 말고!"

"아, 엄마!"

뭐든지 불확실성이 큰 영화계의 속성은 널리 알려져 있었으므로 가족들은 최신우에 대해 걱정이 많았다.

하지만 시선을 끄는 외모에다 연기력도 무난하니 곧 데뷔할 수 있다는 것이 관계자들의 예상이었다.

한편 오빠인 최원호는 아직도 학생 신분이었다.

"이야, 대학생은 이제 방학이겠네? 좋겠다아."

"바보냐? 본과 4학년이 무슨 방학? 국시 공부해야지."

"그 대학생이 오빠라는 말은 안 했는데?"

"아……."

"치킨이나 먹어. 불쌍한 오빠야."

의대 졸업반.

한 번 재수를 해서 스물한 살에 의대에 진학한 이후, 피가

말리는 공부의 터널을 거쳐서 이제 의사 면허 시험을 앞둔 상황이었다.

물론 선배들은 그때가 좋았다고 말하기도 했다.

이것보다 더 힘들 수가 있다고?

처박혀서 공부만 하는 것에 신물이 나는 입장에서는 전혀 공감이 가지 않았지만 말이다.

"에이, 또 시험 볼 생각하니까 입맛이 뚝 떨어지네."

"그럴 땐 치킨 무를 하나 딱 먹어. 그러면 입맛이 싹!"

"과연 돼지형 여배우."

"아악! 자꾸 돼지 소리 할래!"

펄펄 뛰는 여동생을 모른 척하며 최원호는 조유선에게 고개를 돌렸다.

"엄마, 저 이따가 이코랑 약속 있어서 잠깐 나갔다가 올게요."

"그러렴. 너무 공부만 하지 말고 바깥 공기도 쐬고 와."

"오, 나도 쪼인? 고?"

"놉. 오늘은 이코가 소개시켜 줄 사람이 있다고 해서 네가 낄 자리가 없다. 그리고 치킨 먹고 밥을 또 먹겠다고? 내일 오디션이라면서 양심이 있는 거냐?"

"따흑! 근데 그 사람은 여자임?"

"……응."

"내 아들이? 드디어 여친을?"

눈이 동그래지는 최신우와 김칫국을 시원하게 들이키는 최욱현을 보며 최원호는 한숨을 내쉬었다.

"우리 학교 졸업한 의사 선배래요. 이코가 주짓수 배우겠다고 도장 다니다가 거기서 친해졌는데…….."

"그렇다면 이코 오빠 프사에 있는 밴드 사진 보고 소개시켜 달라고 했겠지!"

"어떻게 알았냐?"

"내 주변에도 그런 애들 널렸거든. 근데 오빠는 다 깠잖아? 웬일이야? 그분이 그렇게 예뻐?"

"아니, 그런 게 아니고 선배라고 하니까 거절하기 좀 그렇잖아. 아버지까지 우리 학교 출신에다 병원 경영하신다고 하더라고."

"와우! 금수저 새언니!"

"원호야, 이번에도 아빠는 찬성이야."

"물론 엄마도. 군의관 다녀와서 진행시켜!"

"뭘 진행해……."

또 와자지껄해지는 가족들을 두고 최원호는 고개를 저으며 몸을 일으켰다.

화목해서 좋긴 했지만 가끔은 피곤한 사람들이었다.

무엇보다 최원호는 다른 여자에게는 관심이 없었다.

'난 그 사람이 보고 싶은데.'

고등학교 1학년 시절, 멋도 모르고 나갔던 동물 보호소 봉사 활동에서 마주친 누나.

벌써 10년에 가까운 시간이 흘렀지만, 그녀의 얼굴은 아직도 잊히지 않았다. 이름도 모르면서.

"저 갔다 올게요."

"그래, 잘 놀다 와!"

"내 아들 화이팅!"

"오빠, 올 때 메루나!"

"……."

가족들의 열띤 배웅을 받으며 집을 나선 최원호는 택시를 타고 약속 장소로 향했다.

"왔냐!"

"오냐."

최원호가 재수학원 시절에 만난 경재현.

컴퓨터 공학을 석사 과정까지 밟은 그는 병역을 전문 연구 요원으로 해결하기 위해 한창 준비하는 중이었다.

"원호야, 오늘은 채끝으로 시작한다. 그리고 안심으로 가자고. 그러고도 배가 남으면 차돌박이로 입가심. 동의하지?"

"뭐? 로또 맞았냐? 나 돈 없어, 인마."

"괜찮아, 인마. 오늘 오실 분이 다 쏘신대. 병원장 따님인데 채끝 무서워하실까!"

"이런 미친놈, 그분은 아직 오지도 않았잖아?"

"그치. 근데 희원 누나가 늦으니까 먼저 먹고 있으랬어."

"먹으란다고 먹어? 쯧쯧."

"먹으라면 먹어야지. 저기요! 여기 앞치마 하나 주세요!"

최원호는 혀를 찼지만 경재현은 당당하게 종업원을 불렀다.

그리고 두 사람의 대화는 새로운 주제로 넘어갔다.

"준백이랑 세현이는 헤어졌냐? 둘 다 전화를 안 받더라?"

최원호, 경재현, 구준백, 장세현.

이들은 재수학원에서 만나서 강의가 끝난 뒤 노래방에 들락거리며 친해진 친구들이었다.

대학에 진학한 뒤로도 종종 만나 '오프너스'라는 이름의 밴드 활동을 하곤 했다.

그러다가 구준백과 장세현이 연인 관계로 발전했는데…….

"이코야, 사실 준백이가 너한텐 아직 얘기를 안 한 게 있다."

"뭔데 그래? 심각한 거냐?"

"세현이가 임신을 했대."

"……뭐?"

"아기가 생겼다고."

"아니, 구준백 이 미친놈이! 진짜 정신 나간 거 아냐? 그 새끼 아직 졸업도 못했잖아!"

남자 삼인방보다 두 살이 어렸던 장세현.

그녀는 검정고시로 고등학교 졸업장을 따고 조기 입시를 준비한 케이스였다.

이제 한국 나이로 스물네 살이 된 마당이니 아직 결혼이나 출산을 하기에 너무 이른 나이였다.

게다가 구준백은 경영학을 공부하던 주제에 군대를 다녀오더니 뜬금없이 종합 격투기를 하고 싶다면서 휴학계를 내고 졸업을 미룬 상태였다.

경재현은 혀를 내둘렀다.

"와, 구준백 그렇게 안 봤는데! 진짜 대책 없는 놈이네! 야, 남자가 흘리지 말아야 할 것이 세 가지가 있어! 너 알아? 첫 번째가 눈물이고, 두 번째가……!"

"닥쳐. 거기까지. 아무것도 알고 싶지 않아. 아재 같은 소리 그만하고 고기나 구워라. 불판 데워졌다."

"인마, 지금 고기가 문제냐!"

"지가 다 알아서 할 테니까 너무 걱정하지 말래. 도장 차릴 생각인 것 같던데? 안 그래도 너한테 조만간 연락할 거야. 너희 관장님 한번 찾아뵙고 싶다나?"

"……도장을 차린다고?"

그 말에 경재현의 눈빛이 달라졌다.

"흐음, 우리 올 관장님이 도장 확장 사업에 관심이 있으시
긴 하지."

한국이 배출한 세계적인 이종 격투기 선수, 한성우.

경재현이 다니고 있는 체육관은 바로 그의 현역 시절 별명
을 따서 이름을 붙이고 영업하고 있는 'ALLKNOWN GYM'
이었다.

"아무튼 그래서 아기 낳는다는 거지?"

"당연하지. 서로 좋아서 못 사는 애들이잖아. 당황하긴 했
어도 양가 설득해서 결혼할 거래."

"흠, 다행이네. 에이! 요즘은 속도위반도 그렇게 흠도 아
니라더라!"

"맞아. 그러니까 걱정하지 말자고."

"이제 고기 굽자. 누나 주차하고 있대."

"그래? 근데 왜 앞치마를 안 주지? 아까 달라고 했는데."

고기를 굽기 시작한 경재현을 두고 최원호는 자리에서 일
어나 주방 쪽으로 다가갔다.

그리고 한구석에 걸린 앞치마를 집어 들며 안쪽으로 소리
쳤다.

"저기요! 앞치마 세 장만 가져갈게요!"

"눼!"

눼?

묘하게 꼬인 발음이 돌아오기에 고개를 돌려보니, 이국적

인 미모를 자랑하는 금발의 백인 여성 두 사람이 고깃집 유니폼을 입고 부산하게 돌아다니고 있었다.

가슴팍에 단 명찰들도 영어로 된 것이었다.

'어떻게 읽는 거지? 이엘린? 자하리?'

그러고 보니 고깃집 이름이 '러시아 식당'이었다.

한데 러시아 식당에서 왜 투 플러스 한우를 파는 것일까.

저들은 종업원일까, 아니면 전략 무기일까?

'덕분에 근처의 남자 회사원들은 전부 여기로 몰려드는 것 같은데.'

그럼 엄청 많이 벌겠지?

실속 없는 의문을 떠올리던 최원호는 곧 앞치마를 집어 들고 자리로 돌아왔다.

벽면에 걸린 텔레비전에서는 스포츠 뉴스가 한창이었다.

—지난 월드컵의 실패를 만회하기 위해 선임된 유광명 감독은 2000년대부터 유럽의 빅 리그에서 쌓은 풍부한 경험을 통해 선수단을 이끌겠다고 포부를 밝혔습니다. 대표 팀 주장 채윤기 선수의 인터뷰 들어 보겠습니다.

—어, 일단 저희 대표 팀의 대선배님이시자, 한국 축구계의 전설이신 유광명 감독님이시기 때문에, 저를 비롯한 모든 선수들이 믿고 따를 수 있을 것이라고 생각하고요. 다음 월드컵뿐만 아니라, 아시안컵도 함께 잘 준비해서 좋은 모습을 보여드릴 수 있도록 하겠

습니다.

　－네. 지금까지 파주 트레이닝 센터에서 PBC 스포츠, 석형우 기
자였습니다.

"……음, 축구."

"요즘 K리그 재밌더라."

　중년 남자답지 않게 카랑카랑한 하이톤의 목소리에 잠시
주의를 빼앗겼던 두 사람은 곧 고기를 열심히 뒤집기 시작
했다.

　윤희원이 등장한 것은 바로 그때였다.

"재현아!"

"아, 누나! 여기에요! 원호야, 인사드려. 너희 선배님이시
다."

"안녕하세요. 처음 뵙겠습니다. 최원호라고 합니다."

　다시 자리에서 일어난 최원호는 윤희원을 향해서 예의 바
르게 고개를 숙였다.

　묘하게 화장에 힘을 주고 나타난 윤희원은 부드럽게 웃었
다.

"반가워요. 본과 4학년이라고요? 그럼 17학번쯤 되나?"

"네, 맞습니다."

"이야, 그때도 사람이 태어났네. 아 참, 내가 선배니까 말
좀 편하게 해도 되죠?"

"······."

그러자 갑자기 말이 없어지는 최원호.

물 컵을 집어 들던 윤희원은 낭패감을 느꼈다.

'내가 급했나? 너무 빨리 말을 놓으려고 했나 봐!'

하지만 그때 최원호는 창밖을 멍하니 바라보고 있었다.

종종걸음으로 거리를 걸어가는 누군가를 발견하고 시선이 꽂힌 상태였다.

저 사람은······.

그는 벌떡 자리에서 일어났다.

"저, 선배님! 죄송한데 잠깐만 나갔다가 올게요! 이코, 고기는 네가 좀 굽고 있어!"

"······?"

"갑자기 왜 저래?"

어안이 벙벙한 표정의 두 사람을 그대로 두고 최원호는 바깥으로 뛰쳐나갔다.

그리고 앞치마를 벗을 생각도 하지 못한 채 그 사람에게 손을 뻗었다.

하지만 차마 어깨를 잡지 못하고 손끝이 파르르 떨리던 그때, 마치 목소리라도 들은 것처럼 그녀가 뒤를 돌아보았다.

"······!"

무더운 여름이었지만 최원호는 몸을 부르르 떨었다.

역시 그녀였다.

"혹시 저 기억하시나요?"

"······봉사 활동?"

"마, 맞아요! 저예요!"

여자의 이름은 손영하.

이제는 모든 세상이 망각한 그 시절의 운명처럼, 두 사람이 다시 만난 순간이었다.

❦

우윤아는 성당 앞마당에서 강아지들이 신나게 뛰어노는 것을 지켜보고 있었다.

'엄청 즐거워 보이네.'

-난 항상 즐거워! 강아지잖아!

어쩌면 세계 변혁의 최대 수혜자는 저 녀석이 아닐까.

"어머, 요미는 지휘자님을 너무 좋아하는 거 같아!"

"그러게 말이에요. 귀여워 죽겠어. 요미 저 주시면 안 돼요?"

"안 돼요! 요미야? 엄마한테 와야지?"

"······들은 척도 안 하는데?"

이규란을 비롯한 전(前) 블랙핑거 클랜원들은 이번 생에서 성당 성가대가 되어 재회했다.

그리고 우윤아는 이들의 합창을 통솔하는 지휘자.

덕분에 매주 만나곤 했는데, 도승아가 가끔 데리고 오는 어린 강아지들 중에 영물 하나가 있었다.

–더워! 더우니까 신나!

바로 해청이었다.

이번 세계에서는 '요미'라는 이름으로 불리며, 막 6개월이 된 잡종 강아지는 형제들과 함께 성당 앞마당을 신나게 뛰어다니고 있었다.

그러면서 우윤아에게 의념을 보내 왔다.

정확히는 그녀의 의식 깊은 곳에 희미하게 남아 있는 '여신'에게.

영물과 여신은 새로운 세계가 흐르는 상황에 대해 이야기를 주고받는 중이었다.

–오오! 그래서 우리 주인이 '영하 누나'를 다시 만나게 된 거구나?

'맞아. 집념이라고 해야 할까?'

–음, 시간을 초월하는 재회라고 하자! 크으으! 이거 완전 K-드라마네! 주모! 여기 사이다 한 사발!

이제 재구성되기 전의 세계를 기억하는 존재는 해청과 여신밖에 없었다.

그마저도 여신은 우윤아의 내부에서 서서히 사라져 가고 있었으니, 곧 해청밖에 남지 않게 될 것이다.

'……괜찮니? 그들은 이제 널 기억하지 못하잖아.'

-괜찮아! 행복하면 됐지! 지금 나도 행복해!

'그렇다면 다행이네.'

해청은 낙천적인 태도에 여신은 조용히 미소를 지었다.

그래도 선물 하나는 해 주고 싶다.

'네가 괜찮으면 두 사람을 다시 만나게 해 줄 수 있어. 어때?'

그녀는 사건을 살짝 조작하여 해청이 최원호나 최신우를 만날 수 있게 해 주고 싶었다.

한데 뜻밖의 대답이 돌아왔다.

-당신이 도와주지 않아도 곧 그렇게 될 거야! 나도 느껴지거든. 운명의 흐름이란 거!

옷깃만 스쳐도 인연이라고 했던가.

세계는 마치 자성을 가진 것처럼 이전의 운명들과 뒤섞이며 달라붙고 있었다.

운명의 흐름은 분명 실존했다.

-대신 다른 걸 도와줬으면 좋겠는데, 가능할까?

귀여움의 극치에 도달한 듯한 강아지 영물은 분홍색 혀를 빼물고 헥헥거리며 새로운 제안을 했다.

우윤아는 고개를 기울였다.

'새로운 제안? 뭔데?'

-주인의 개털 알레르기! 그것 좀 어떻게 해 봐! 아무리 주인이라도 콧물 묻은 손으로 날 만지는 건 싫을 것 같아서!

여신은 웃음을 터트리며 그것을 들어주었다.

문득 모든 것이 이제야 제자리로 돌아왔다는 생각이 들었다.

《짐승 같은 뉴비》 마칩니다

엑스트라 책사의 로열로드

mensol 퓨전 판타지 장편소설

『회귀자의 그랜드슬램』의 mensol
무과금의 신을 소환하다!

실력 게임을 무과금으로 돌파하던 레전드 유저
게임 속 똥개 조연에게 빙의되다!
신묘한 계책으로 배신당해 파멸하는 결말을 피하라!

한미한 남작 가문 사남 알스
인공지능과 겨루던 체스 실력
전략 게임으로 다져진 기기묘묘한 책략
히든 피스로 얻은 무력으로
대륙을 평정하다!

삼국지를 연상케 하는 디테일한 전략!
피 끓는 전장의 광기가 폭발한다!

꿈의 도약, 로크에서 하십시오
(주)로크미디어에서 신인 작가를 모십니다

즐거운 세상, 로크미디어는 꿈을 사랑하고 도전을 두려워하지 않는 작가 분들의 참신한 작품을 기다리고 있습니다. 21세기 장르 문학계를 이끌어 갈 차세대 선두 주자 (주)로크미디어에서 여러분의 나래를 활짝 펴 보시길 바랍니다.

모집 분야 판타지와 무협을 포함한 장르 문학
모집 대상 아마추어 작가, 인터넷 작가
모집 기한 수시 모집
   작품 접수 시 유의 사항
   1. 파일명은 작가명_작품명.hwp형식을 갖춰 주십시오.
   1. 파일에 들어갈 내용은 다음과 같습니다.
      − 성명(필명인 경우 실명을 밝혀 주세요), 연락처, 이메일 주소
      − 제목, 기획 의도
      − A4용지 1장 분량의 등장인물 소개
      − A4용지 2장 분량의 전체 줄거리
      − 본문
   1. 작품이 인터넷에 연재되고 있다면, 게시판명과 사이트의 구체적이고 정확한 주소를 기재해 주십시오.

선택된 작품은 정식 계약 후 출판물로 간행되어 전국 서점에 유통됩니다.
작가 분은 (주)로크미디어의 전폭적인 지원하에 전속 작가로 활동하시게 됩니다.
※ 자세한 내용은 로크미디어 홈페이지(rokmedia.com)를 참조하세요.

(03920)서울시 마포구 성암로 330 DMC첨단산업센터 3층 318호
(주)로크미디어 편집부 신간 기획 담당자 앞
전화 : 02) 3273-5135
www.rokmedia.com   이메일 : rokmedia@empas.com

One for all
원포올

일라잇 스포츠 장편소설

**작렬하는 슛, 대지를 가르는 패스
한계를 모르는 도전이 시작된다!**

축구 선수의 꿈을 품은 이강연
냉혹한 현실에 부딪혀 방황하던 중
운명과도 같은 소리가 귓가에 들어오는데……

당신의 재능을 발굴하겠습니다!
세계로 뻗어 나갈 최고의 축구 선수를 키우는
'One For All' 프로젝트에, 지금 바로 참가하세요!

단 한 번의 기회를 잡기 위해
피지컬 만렙, 넘치는 재능을 가진 경쟁자들과
최고의 자리를 두고 한판 승부를 벌인다!

**실력만이 모든 것을 증명하는
거친 그라운드에서 당당히 살아남아라!**

기갑천마

거짓이슬 퓨전 판타지 장편소설

종말을 막지 못한 절대자 복수의 기회를 얻다!

무림을 침략한 마수와의 운명을 건 쟁투
그 마지막 싸움에서 눈감은 무림의 천하제일인, 천휘
종말을 앞둔 중원이 아닌 새로운 세상에서 눈을 뜨는데……

"천휘든 단테든, 본좌는 본좌이니라."

이제는 백월신교의 마지막 교주가 아닌 평민 훈련병, 단테
그럼에도 오로지 마수의 숨통을 끊기 위해
절대자의 일 보를 다시금 내딛다!

**에이스 기갑 파일럿 단테
마도 공학의 결정체, 나이트 프레임에 올라
마수들을 처단하고 세상을 구원하라!**